사춘기

All rights reserved.
All the contents in this book are protected by copyright law.
Unlawful use and copy of these are strictly prohibited.
Any of questions regarding above matter, need to contact 나녹那碌.

이 책에 수록된 모든 콘텐츠는 저작권법에 의해 보호받는 저작물이므로
무단전재와 무단복제를 금합니다.
나녹那碌 (nanoky@naver.com)으로 문의하기 바랍니다.

사춘기

펴낸 곳 | 나녹那碌

펴낸이 | 형난옥

지은이 | 정영애

편집 | 김보미

디자인 | 김용아

초판 1쇄 인쇄 | 2020년 6월 20일

초판 1쇄 발행 | 2020년 6월 30일

등록일 | 제 300-2009-69호 2009. 06. 12

주소 | 서울시 종로구 평창 21길 60번지

전화 | 02- 395- 1598 팩스 | 02- 391- 1598

ISBN 978-89-94940-93-9 (03810)

이 도서의 국립중앙도서관 출판예정도서목록(CIP)은 서지정보유통지원시스템 홈페이지(http://seoji.nl.go.kr)와 국가자료종합목록 구축시스템(http://kolis-net.nl.go.kr)에서 이용하실 수 있습니다. (CIP제어번호 : CIP2020020553)

사춘기

정영애 지음

나녹
那碌

내 친구 수경이에게 이 책을 바칩니다.

작가의 말

이제야 큰 짐 하나를 어깨에서 내려놓았다. 작가로 데뷔하면서, 아니 그 전부터 일찍 하늘길로 간 내 친구 수경이 이야기를 글로 남기고 싶었다. 하지만 오랜 세월을 실행에 옮기지 못하고 그저 끙끙거리고만 있었다. 두려웠기 때문이다.

그러다가 2년 전부터 기억을 좇아 글을 쓰기 시작했다.

이 책에서 내 친구 수경이는 소야로, 나는 민희로 이름을 바꾸어 다시 태어났다.

물론 이 책에 들어 있는 이야기가 모두 실화는 아니다.

이 책이 나오는 날, 나는 내 친구 수경이를 찾아 고향으로 갈 것이다. 그리고 이 책을 바칠 것이다. 내 친구 수경이가 기뻐할 모습이 벌써부터 눈에 선하다.

누구나 그러하겠지만 나도 사춘기라는 지독한 병을 앓았다. 다른 사람과 다른 점이 있다면, 훨씬 더 깊게 훨씬 더 오래 앓은 편이다. 지금에야 털어놓는 내 친구들의 사춘기 시절과 비교해서 하는 말이다.

'경험처럼 위대한 스승은 없다'

살아오면서 실감한 말이다.

나에게 일찍 사춘기가 찾아왔기 때문에 나는 또래 아이들보다 빨리 어른이 될 수 있었다. 그래서 일찍 미래를 설계했고 어려움 속에서도 흔들림 없이 그 길을 걸어왔다. 그렇지 않았으면 나도 소야와 손을 맞잡고 사이좋게 하늘길을 걸어갔을지도 모를 일이다.

지금 되돌아보면 사춘기를 보내는 동안 짙은 안개 속에서 살았던 것 같다. 나를 제외한 나머지는 내게 중요하지 않았다. 부모님도 소중한 줄 몰랐고, 공부도 무거운 짐으로 생각했으며, 이성을 좋아하면서도 표현하지 못하고 혼자 가슴을 앓았다. 나 외엔 모든 것이 안개 저편에 있어서 잡을 수 없었고 잡히지도 않았다. 그저 안개 속에서 나 혼자 길을 잃고 방황하다가 정신을 차려 보니 안개는 이미 걷히고 없었다. 그래서 사춘기는 아련하고 그리운 시절이 아닐는지.

사춘기 시절엔 가장 중요한 존재가 친구다. 물론 나이가 들어서도 그러하지만. 오죽하면 '부모 팔아 친구 산다'는 속담까지 있을까.

아무쪼록 이 이야기가 많은 독자들의 가슴에 오래도록 머물렀으면 좋겠다. 그리고 이 책을 출간해 주신 출판사 나녹에 머리 숙여 감사를 드린다.

정영애

차례

작가의 말 6

우수리 13
빠로 23
법을 어긴 엄마 30
민희의 방 43
낯선 아이 49
농땡이들 58
커 가는 미움 70
늪에 빠진 민희 82
민호가 던져 준 밧줄 92
그래도 미워 103
엄청난 사건 111
낯선 땅, 서울 121
커 가는 우정 134
로미오가 될 수 없는 빠로 144
변명 151
안녕, 내 친구 162

'어린 시절 내 친구 소야가 없었다면 나는 어떤 사람이 되었을까?'

  장애인 학교 선생인 민희는 가끔 이런 생각을 한다. 그러고 보니 장애인 학교에서 장애를 가진 아이들과 더불어 지내 온 지 어느덧 25년의 세월이 훌쩍 지나가 버렸다.

  사춘기 시절, 한 방에서 같이 지낸 소야는 민희의 인생에 가장 크게 영향을 끼친 친구다. 소야와 민희는 동네 친구도 아니고 오랫동안 같은 교실에서 공부한 학교 친구도 아니다. 그저 일 년쯤 되는 짧은 기간 동안 사귄 친구다. 그런 친구를 민희는 지금까지 가슴 깊이 간직하고 있었다.

  어른이 되면 이해관계에 따라 친구를 사귀기도 한다. 하지만 어린 시절 친구는 그런 것을 따지지 않는다. 그저 곁에 있어서 좋을 뿐이다. 그땐 요모조모 생각하지 않고 일을 저지른다. 자신들이 하는 일의 잘잘못을 이성적으로 따지지 못한다. 물론 나중에 후회하는 경우가 많긴 하지만.

  민희는 소야에게서 친구는 신체는 다르지만 영혼은 하나임을 느꼈다. 그래서 고등학교를 좋은 성적으로 졸업하였지만 남들이 소원하는 일류 대학에 지원하지 않고 특수학교 교사 자격증을 주는 대학에 망설임 없이 지원했다. 이유는 단 하나, 소야처럼 장애가 있는 아이들을 가르치고 싶었기 때문이다. 뒤늦게 입학 사실을 안 사람들이 놀란 얼굴로 질문을 해댔다.

"너는 참 이상타. 모두 일류 대학 못가서 눈이 뻘건데 너는 왜 다른 애들이 피하는 그런 학교에 들어가?"

제가끔 떠들고 왕왕거렸다.

'소야 같은 아이들 가르치고 싶은 게 내 꿈이야!'

당당하게 말하고 싶었다. 하지만 '소야'의 이름을 입에 올리기만 해도 민희 눈에 눈물이 가득 고여 그럴 수가 없었다. 보통은 민희의 반응에 놀라 자리를 떴지만 가려운 곳은 꼭 긁고야 마는 성미를 가진 인간은 입을 더 바짝 갖다 대고 물었다.

"왜 그런건데? 나는 성적이 나빠서 그렇다 치고 너는 아니잖아."

그럴 때면 민희는 젖은 눈에 날을 세우며 쏘아붙였다.

"사춘기 병이 아직 덜 나아서 그런다, 왜. 내가 뭐 잘못했냐? 근데 넌 남의 일에 웬 관심이 그렇게 많니? 니 걱정도 많을 텐데."

"관심은 무슨, 이상해서 그렇지."

그랬다. 민희와 소야는 다른 아이들보다 일찍 사춘기를 겪었고 아직도 그 병이 진행 중이다.

소야는 지금 이 세상에 없다. 소야가 세상을 떠난 지 사십 년이나 되는 오랜 세월이 지났지만, 민희는 아직도 소야를 생각하면 가슴이 서늘해지면서 눈물이 난다.

사실 소야가 저세상으로 떠나고 난 후 한참 동안은 눈물이 나지 않았다. 소야의 죽음이 민희의 가슴 속에 단단한 얼음이 되어 자리를 잡았기 때문이다. 그런데 세월이 흐르면서 그 단단했던 얼음이 서서히 녹기 시작하더니 눈물이 되어 흘러내리고 있다.

우수리

민희를 아는 사람은 민희처럼 별난 아이는 드물다고 했다. 그건 틀린 말이 아니다. 비쩍 마른 작은 키에 짧은 단발머리, 생기발랄한 눈빛에 야무진 인상이 딱 부러진 민희의 성격을 그대로 드러내 주었다. 가리는 음식이 많고 성격이 별나서 그런지 노르끄레한 얼굴빛이 증명하듯 몸이 약했다. 민희의 몸이 약한 데는 이유가 있다. 가족들의 관심이 민희에게 올 여유가 없었기 때문이다.

민희에게는 네 살 많은 오빠가 있는데 이름이 민호다. 민호는 언청이로 태어났다. 언청이는 윗입술이 선천적으로 찢어진 사람을 말한다. 민호는 태어나자마자 찢어진 윗입술 때문에 말랑말랑한 엄마 젖꼭지 대신 병원을 드나들며 아픈 주사부터 맞아야 했다. 갓 태어난 민호는 고 작은 손바닥을 꽉 오므리고 몇 날 며칠을 기형아로 낳아 준 엄마를 원망하는 것처럼 목청껏 울기만 했다.

아버지와 엄마는 민호의 찢어진 입술을 보며 낙심하다가도 작은 고추를 보는 순간 마음이 바뀌어 손으로 슬쩍 고추를 만지며 대견해하곤 했다. 민호는 태어난 지 한참을 지나서야 겨우 엄마의 젖꼭지를 물 수 있었다.

엄마는 아들을 낳게 해 달라고 부처님께 백 일 동안 기도를 드렸단다. 엄마의 정성에 감복한 부처님이 아들을 주셨지만 언청이에 건강조차 주시지 않은 모양이다. 민호는 걸핏하면 경기를 일으켰다. 엄마는 팔다리가 축 늘어진 어린 아들을 안고 혹시나 숨이 끊어질까 봐 입으로 아들의 코를 빨며 맨발로 병원을 향해 정신없이 달려가곤 했다. 그러면 민희도 엄마 뒤를 따라 달렸다. 울지 않았다. 오빠가 집안에서 얼마나 소중한 존재인지 알았기 때문이다.

민호는 민희네 집 보물이나 다름없었다. 아버지와 엄마의 눈길이 늘 민호에게 머물렀다. 민호가 장애를 가지고 태어났기 때문에 부모의 사랑이 각별했는지도 모를 일이다.

나이가 들어가면서 민호는 하는 짓마다 칭찬이 따라붙었다. 여느 아이들처럼 반찬 투정을 한다든가 문방구 앞을 지나도 무얼 하나 사 달라며 고집 한 번 부리지 않았다. 두 여동생을 앉혀놓고 한글까지 가르쳤다.

민희네 집에는 민희 말고 딸 하나가 더 있다. 민희 언니 민주다. 민주는 민희보다 두 살 많다. 아버지와 엄마는 맏딸은 살림 밑천이라며 민주를 귀여워했다. 민주는 눈치 빠르게 아버지 엄마의 비위를 잘 맞추었을 뿐만 아니라 공부도 꽤 잘했다.

민희는 아버지에게 매를 맞은 기억이 없다. 언제나 매를 드는 쪽은 엄마였다. 엄마는 자식들이 잘못을 저지르거나 버릇없이 굴면 즉시 매를 들었다. 하지만 그 매는 거의 민희 몫이었다. 민주와 민희가 같이 맞을 짓을 했어도 엄마가 매를 찾는 기색을 보이면 약삭빠른 민주는 어디에 숨었는지 머리카락도 보이지 않았다. 그러면 민희만 맞았다. 민희는 민주처럼 엄마가 매를 들어도 도망가는 법이 없다. 그냥 제자리에 고집스럽게 앉아 민주가 맞을 매까지 고스란히 맞았다.

그날도 민희만 종아리를 맞았다. 시퍼렇게 멍든 민희의 종아리를 보며 엄마가 말했다.

"민주저림 도망이라노 가는지. 왜 바위처럼 제자리에 곰처럼 미련하게 앉아서 때리는 매를 다 맞아, 맞길?"

"엄마가 안 때리면 되잖아?"

민희가 불꽃처럼 활활 타오르는 눈길로 되물었다.

"어른한테 말대답하는 저 꼴 좀 봐. 한마디도 안 진다니까. 너만 없으면 우리 집은 파도 없는 바다야!"

이 말은 화살이 되어 민희 가슴속에 박혀 버리고 말았다. 그 말이 시퍼렇게 멍든 종아리보다 더 아팠다. 민희는 때때로 엄마가 '나를 낳지 않았으면 좋았을걸.' 하는 생각을 한다고 믿었다. 낯선 사람에게 민희를 소개하는 말이 그 증거였다.

"얘는 우리 집 우수리예요."

강민희라는 이름이 있는데도 '우수리'라 했다.

철이 들기 전에는 이 말이 어른들끼리 통하는 농담 정도인 줄 알았다. 엄마의 말끝에 사람들이 어김없이 웃었기 때문이다. 그러나 이 말의 정확한 뜻을 알고 난 뒤, 엄마에 대한 배신감이란 이루 말로 표현할 수 없었다.

4학년 국어 시간이었다. 국어사전으로 낱말 뜻을 찾는 방법을 배웠다. 민희는 제일 먼저 '우수리'를 찾았다.

> **우수리** 명 1 물건 값을 제하고 거슬러 받는 잔돈
> 2 일정한 수나 수량에 차고 남은 것

"난 필요 없는 아이야!"

국어사전을 덮으며 생각했다. 엄마는 민희가 정말 필요 없다고 생각하는 것 같았다. 민희가 태어난 날 엄마는 민희를 슬쩍 옆으로 밀어 두었다고 했다. 돌아가신 할머니는 또 딸을 낳자 마루 끝에 앉아 울었단다. 그래서인지 민희만 돌 사진이 없다.

민주는 가끔 두 눈을 지그시 감고 추억을 더듬듯 말했다.

"아부지가 내 팔을 잡고 비잉빙 돌리면 내가 헬리콥터 날개 같았다니까."

"언니야, 무척 어지럽지?"

"물론. 그래도 재밌어. 근데 민희야, 아부지는 참 이상해."

"왜?"

"아부지가 날 목말 태우고 추풍령 고개 너머 서울이 보이냐고 물었어."

"피, 어떻게 서울이 보여."

"그러게. 내가 안 보인다고 하면 아부지는 나를 거꾸로 세우고 또 물어?"

"……."

"부산이 보일 거라고…… 그러면 나는 아부지 신발이 보인다고 했어."

민희는 웃음꽃이 피어오르는 민주 얼굴을 보며 입을 헤벌리고 웃었다.

'아부지가 나한테도 그랬을 거야!'

기억나지 않았다. 아버지의 그 어떤 사랑의 몸짓도 떠오르지 않았다.

아버지 엄마의 차별은 곳곳에서 드러났다. 잘 익은 과일이 있으면 언제나 민호가 먼저였고, 그다음이 민주, 맨 마지막이 민희였다.

아버지 엄마와 마찬가지로 민호나 민주도 민희를 우수리로 생각하는 듯했다. 가게에 갈 일이 있으면 민희를 부르기 일쑤였다. 민희는 가쁜 숨을 몰아쉬며 가게에 들락거려야 했고, 심한 날은 민주 몫인 물지게로 물까지 져 날라야 했다. 그 당시 민희네 동네는 수도가 놓인 집이 많지 않았다. 그래서 조금 떨어진 반장 아줌마 집에서 물지게로 수돗물을 받아다 먹었다.

민호는 초등학교를 2, 3학년 때까지 경기(깜짝깜짝 놀라는 것. 어린아이에게 일어나는 병)를 자주 해서 학교를 결석하는 날이 많았다. 민호가 경기를 일으키면 엄마는 입술이 하얀 오빠를 등에 업고 맨발로 병원으로 달려갔다. 그러면 민희는 엄마 신발을 양손에 하나씩 들고 끊어질 듯 가쁜 숨을 몰아쉬며 엄마를 따라 달렸다. 달리면서 제발 오빠를 살려 달라고 기도했다. 맛있는 눈깔사탕을 오빠가 다 먹어도 좋다. 오빠가 어떤 심부름을 시켜도 다하겠다는 약속도 망설이지 않고 했다. 이런 약속은 민희만 한 것이 아닌 모양이다. 민주도 한 것 같았다. 민주는 뭐든지 민호에게 양보했다. 하지만 민희는 그 약속을 금방 까맣게 잊고 악착같이 마음에 드는 음식이나 물건은 먼저 가지려고 앙탈을 부렸다.

아버지는 봉급날이면 눈깔사탕을 사 왔다. 동그랗게 둘러앉은 아이들 앞에서 아버지는 눈깔사탕을 세 등분으로 나누며 말했다.

"두 개는 우리 집 장손인 민호 주고, 한 개는 살림 밑천인 민주 주고, 또…… 민희는 막내니까 세 개는 먹어야지."

민주는 불공평하다며 싸움닭처럼 눈을 치뜨며 민희를 노려보았다. 그래서 민희는 아버지는 자기를 더 좋아한다고 굳게 믿었다.

민희는 고집이 셌다. 한번 고집을 부리기 시작하면 엄마가 진땀을 흘릴 정도로 울어댔다. 너무 오래 울어 눈물이 나오지 않으면 쉰 소리가 나올 때까지 울었다. 약이 오른 엄마는 애꿎은 민호와 민주까지 불러 무릎을 꿇게 한 후 마음속에 담아 둔, 아이들이 잘못한 일을 하나하나 들춰내며 잔소리를 하거나 회초리로 때렸다. 하지만 민호는 한번도 동생들 앞에서 엄마에게 매를 맞지 않았다. 잘못한 일이 없어서인지 잘못한 일이 있어도 봐 준 건지 모를 일이지만 아무튼 민호가 엄마에게 맞는 모습을 본 일이 없었다.

"니 오빠 좀 닮아라. 입 댈 때가 한 군데라도 있나!"

엄마 말은 사실이었다. 민호는 몸이 약한 것 말고는 어느 한 군데 나무랄 데가 없었다. 잘생긴 얼굴-갈라진 입술은 빼고-에 키도 컸다. 몸은 꽤 말랐지만 그게 오히려 민호의 매력을 더해 주었다. 제 나이보다 일 년 먼저 초등학교에 입학한 민호는 모든 과목에서 우수한 성적을 받아 왔고, 글 솜씨까지 뛰어나 가을마다 열리는 시내 백일장에서 장원을 놓친 적이 없었다. 그래서 시내에 있는 학교 선생들은 물론 민호를 아는 사람들마다 수재라는 말을 아끼지 않았다. 그런 민호가 사람을 잘 사귀지 못해 친구가 없었다. 언제부터인가 민호에게 말을 더듬는 버릇이 생겼다. 민호는 제대로 된 문장을 말하지 못했다. 말을 하기 전에 입을 약간 벌리고 입안에서 말을 만드느라 공을 들였다. 이런 민호를 동네 아이들은 '더듬이'라며 놀렸다. 이 별명도 '언청이' 못지않게 가슴을 아프게 했다. 언청이라는 별명은 민호가 수술한 뒤부터 아이들의 머리에서 서서히 잊혀 갔지만 '더듬이'란 별명은 꽤 오랫동안 민호를 괴롭혔다.

덩달아 민희에게도 별명이 생겼다.

더듬이 동생!

민희는 이 말이 어지럼증을 느낄 정도로 싫었다. 아이들은 잘 놀다가도 민희가 마음에 안 들면 민호의 별명을 들먹이며 화를 돋웠다.

"민희는 더듬이 동생이래요, 동생이래요!"

이럴 때 민희는 일 초의 여유도 두지 않고 있는 힘을 다해 놀린 아이의 머리카락을 잡아당겼다. 아이의 비명을 듣고 달려 나온 어른들이 엉겨 붙은 두 아이를 간신히 떼어 내면 그때야 싸움이 끝났다. 같이 싸운 아이는 민희 손에 뽑힌 머리카락을 보며 울었고 민희는 분해서 울었다.

민호 때문에 싸운 날은 엄마는 민희를 야단치지 않았다. 그 대신 엄마는 일부러 일거리를 만들어 그곳에 정신을 집중했다. 어떤 날은 장롱 속의 옷을 죄다 꺼내 개켜진 옷을 펴서 다시 개기도 했다. 엄마의 침묵은 동의를 뜻한다고 민희는 믿었다. 오빠는 이 세상에 하나밖에 없는 엄마의 아들이다. 언청이면 어떻고 말더듬이면 어떠랴! 어쩌면 엄마는 마음속으로 '잘했다, 더 힘껏 머리끄뎅이를 잡아당기지 그랬냐!' 하며 울먹이는 민희 편을 들고 있는 것 같았다.

민호는 엄마가 효자 아들을 두었다는 자부심을 갖게 해 주었다.

오늘은 비가 오니 일찍 일을 끝내고 돌아오시라느니, 아버지가 간밤에 술을 많이 드신 것 같으니 시원한 콩나물국 끓여 드리라는 말도 잊지 않았다. 이다음에 훌륭한 사람이 되면 제일 먼저 아버지 엄마를 모시고 외국 여행을 갈 거라고도 했다. 민호 이야기를 듣고 있는 엄마의 얼굴을 보면 일나나 행복한시 심삭이 가고도 남았다.

아마 이런 아들을 둔 덕분에, 아버지가 마흔 살의 아까운 나이에 세 자식과 집을 팔아도 다 갚지 못할 빚을 남겨 두고 하늘나라로 먼저 떠났어도, 엄마의 슬픔이 그리 오래가지 않았는지도 모르겠다.

엄마는 아버지 없는 집안을 씩씩하게 이끌어 갔다. 엄마에게 힘찬 용기를 끊임없이 샘솟게 한 건 역시 민호였다. 민호가 학교에서 우등상과 장학금을 받아 올 때마다 엄마의 얼굴에 환한 웃음이 피어올랐다. 엄마는 민호의 빛나는 미래를 위해 양장점에서 종아리가 퉁퉁 붓도록 재봉틀을 돌리고도 항상 씩씩했다.

엄마가 자주 입에 올리는 말이 있었다.

"우리 집 대들보는 민호다. 너희는 시집가면 그만이지만 민호는 내 눈에 흙이 들어갈 때까지 한집에서 나하고 같이 살 거다. 그러니 민호가 우리나라에서 제일 좋은 대학에 들어가고 출세해야 남보란 듯 떵떵거리며 살지."

엄마는 민주에게도 각별했다. 민주는 맏딸이라 적어도 고등학교까지는 나와야 한다는 것이 엄마의 신념이었다. 민희는 공부를 잘해도 못해도 그만이었는데 중학교는 마쳐야 한다고 했다. 엄마는 민희가 까막눈으로 학교에 들어가면 선생이나 친구들에게 놀림감이 될 것이 분명한데도 데리고 앉아 한글을 가르치지 않았다. 민호가 없었다면 민희는 그야말로 까막눈으로 학교에 입학할 뻔했다.

빠로

빠로는 민희네 옆집에 사는 소꿉친구다.

빠로는 정수의 별명이다. 정수는 태어날 때부터 천주교 신자로 본명(가톨릭에서 부르는 세례명)이 베드로다. 베드로는 예수님의 열두 제자 중 으뜸가는 분으로 예수님 사랑을 받은 성인이다. 정수 부모 또한 독실한 가톨릭 신자로 아들을 항상 '베드로'라 불렀고, 다른 사람도 그렇게 불러 주길 은근히 원했다.

정수도 제 본명을 좋아했다. '정수야!' 하고 부르면 '누구? 나?' 하는 표정을 지었지만, '베드로!' 하고 부르면 단숨에 큰 소리로 대답했다. 그래서 동네 아이들이 자연스레 정수를 베드로라고 불렀다.

예나 지금이나 아이들은 바쁘다. 걸어가도 되는데 아이들은 뛰어간다. 아이들은 행동도 빠르지만 말도 빠르다. 아이들은 베드로를 '뻬드로'니 '뻬로'니 하고 부르다가 어느새 '빠토'가 되어 버렸다.

빠로는 어릴 때부터 민희와 놀기를 좋아했다. 둘이는 소꿉놀이를 많이 했는데 빠로는 민희가 시키는 대로 아빠 역할도 하고 아기가 되어 혀 짧은소리로 엄마인 민희한테 어리광을 부리기도 했다.

초등학교 일학년 때는 전쟁놀이를 했다. 나무막대기에 끈을 매달아 어깨에 메고 마당을 돌아다니며 입으로 총을 쏴댔다. 그러다 총에 맞아 다친 척하며 쓰러졌다가 재빨리 일어나 반격했다. 총에 맞은 민희가 옆으로 픽 쓰러져 죽은 시늉을 하면 빠로가 조심스럽게 다가와 물었다.

"민희야, 죽었어?"

"……"

빠로가 어깨를 흔든다. 대답을 안한다. 빠로가 민희를 흔들며,

"총 맞고 진짜 죽은 거야?"

민희는 겁쟁이 빠로 말에 실소하다 벌컥 화를 냈다.

"가짜 총 맞고 죽는 사람이 어딨니? 너 바보 아냐?"

빠로가 큰 눈을 끔벅이며 민희를 바라본다. 어떤 날은 아무렇지 않게 일어나 다시 놀지만 화가 난 날은 민희가 패악을 부렸다.

"나 총 맞고 죽고 싶단 말이야! 난 우수리니까! 우수리는 이 세상에 살 필요가 없거든."

빠로가 침을 꼴깍 삼키며 선한 눈으로 민희를 바라보았다. 그

러면 민희는 땅바닥에 누운 채 하늘에 떠 있는 구름을 바라본다. 구름에 실려 저 산봉우리를 넘어 멀리멀리 가고 싶다. 민희 마음이 자라는 속도는 빠로보다 빨랐다. 그것도 훨씬.

빠로는 바보처럼 착했다. 1학년이 되기 전부터 거짓말을 하면 그것을 감추기 위해 또 다른 거짓말을 해야 된다는 사실을 깨달았는지 정직을 실천하는 아이였다. '양심'이라는 말을 자주 입에 올렸다.

"지금 나 너하고 못 놀아. 양심이야!"

"양심인데……"

다른 애가 빠로처럼 말했다면 민희는 이상한 말을 한다며 핀잔을 주었을 것이다. 하지만 빠로의 말에는 이상하기는커녕 엄숙한 분위기까지 들곤 했다.

언젠가 민희가 물었다.

"양심이 무슨 뜻이야?"

"양심은 마음속에 있는 건데 하느님과 똑같아. 양심이 있는 사람은 나쁜 마음도 나쁜 말도 나쁜 짓도 못 해!"

빠로가 진지하게 대답했다.

"그럼, 난 양심이 없겠네. 거짓말도 잘하고 싸움도 잘하니까!"

"아니야. 니 마음속에도 틀림없이 양심이 들어 있어!"

"아니야, 없어."

민희가 고집을 부렸다.

"있다니까. 수녀님이 그러는데 사람 마음속에 천사랑 악마랑 둘 다 살고 있대. 천사가 양심을 지켜. 근데 나쁜 사람은 천사 말을 듣지 않고 악마 말을 듣는대. 너, 이 말 양심이다. 민희 니가 거짓말할 땐 악마가 천사를 이겼기 때문이야. 그러니까 천사 말을 듣도록 해. 니가 악마 말을 들을 때마다 악마가 양심을 조금씩조금씩 갉아먹고 있는 거야."

"악마가 양심 다 갉아먹으면?"

"당연히 양심이 없어지지. 양심이 없는 사람은 경찰서에 갈 수도 있어. 죽으면 지옥에 가고……."

민희는 빠로 말에 겁이 났다. 그래서 되도록 거짓말을 하지 않으려 애썼고, 오빠나 언니가 탐나는 학용품을 가지고 있어도 훔치지 않으려 노력했다. 빠로처럼 아주 가끔 양심이라는 말도 사용했다. 하지만 자랄수록 그게 아니라는 생각이 들기 시작했다. 찬 우물집 앵두를 몰래 따먹어도, 60점 맞은 시험지를 80점으로 고쳐도, 엄마가 항아리에 몰래 숨겨 둔 곶감을 슬쩍 꺼내 먹어도, 아이들과 싸우다 욕을 해도 아무 일도 일어나지 않았기 때문이다. 그래서 민희는 마음속에 사는 악마가 양심을 갉아먹든 말든 상관하지 않기로 했다.

착한 빠로는 부하처럼 부려먹기에 아주 좋았다. 초등학교 2학년 때인가, 여름 방학 숙제로 그림일기 쓰기가 있었다. 그때 담임은 나이가 많은 여선생인데 아주 엄했다. 숙제를 안 하면 아이들이 집으로 돌아간 후 교실 청소를 하게 한 다음 못 해 온 숙제를 다 끝내야만 집으로 가게 했다. 그래서 민희네 반 아이들은 언제나 한 사람도 빠짐없이 숙제를 했다.

그해 여름 방학 동안 민희는 매일매일 해야 할 숙제 때문에 불안했지만 금방 잊고 실컷 놀았다. 주위에는 먹을 것과 놀 거리가 너무나 풍성했고 아이들이 민희를 놓아주지 않았기 때문에 매일매일 써야 하는 그림일기를 아예 잊어버리고 말았다.

민희는 집에서는 겉돌지만 밖에서는 동네 아이들을 휘어잡았다. 딱지치기와 구슬치기를 해도 남자아이들에게 지지 않았고 달리기와 말타기, 심지어 말싸움도 일등이었다. 그래서 자연스럽게 골목대장이 되었다.

그 당시 군대놀이를 즐겨했다. 민희는 남자아이들이 전쟁놀이에서 이기거나 용감한 일을 했을 때, 별 모양이 새겨진 단추를 계급장이라며 양쪽 어깨에 달아 주었다. 남자아이들은 별 단추를 어깨에 달기 위해 민희에게 온갖 충성을 다 바쳤다. 별 단추는 바느질하는 엄마 때문에 집에 아주 많았다. 별 계급장을 어깨에 달고 싶기는 빠로도 마찬가지였다. 하지만 얌전한 삐로는 별 단추를 겨우 한 개밖에 달지 못했다.

개학이 코앞에 다가왔다. 그때야 민희는 그림일기 생각이 났다. 일기가 밀린 날을 세어 보았다. 무려 18일. 엄청난 양이었다. 그림을 그리고 그림에 맞는 글을 쓰는 것도 보통 일이 아니었지만, 어느 날 무엇을 했는지를 생각해 내기가 더 어려웠다. 민희는 그림 일기장을 펴 놓고 한숨만 내리쉬었다. 그러다 이내 이 난감한 일을 해결해 줄 사람이 생각났다. 그건 바로 빠로였다. 민희는 곧바로 빠로를 찾아가 은근한 목소리로 말했다.

"빠로야! 니가 내 그림일기 써 주면 별 단추 세 개 줄게. 그러면 니가 병직이보다 계급이 더 높아져."

"전쟁에서 이기지도 않았는데?"

"전쟁에서 이기지 않아도 용감한 일을 하면 누구나 달 수 있어!"

"숙제를 대신 해 주는 것도 용감한 일이니?"

"당연하지. 내가 못 하는 일을 니가 하니까 용감한 거지. 내 말 양심이다, 너!"

"정말?"

"양심이라니까!"

빠로는 군말하지 않고 민희의 일기장을 가져갔다. 계급장이 탐이 나서 그랬는지 양심이라는 말에 판단력이 흐려져서 그랬는지는 확실히 모르겠다. 아무튼 민희는 빠로 덕분에 느긋한 마음으로 다른 숙제를 할 수 있었다. 하지만 다음 날, 빠로가 민희를 찾아와서 단호하게 말했다.

"숙제 대신 해 주는 건 나쁜 일이래!"

"누가 그랬는데?"

빠로가 제 가슴을 가리키며 말했다.

"내 양심이. 나 계급장 안 달아도 좋아. 양심이야!"

빠로가 그림 일기장을 민희의 손에 들려주며 휙 돌아섰다. 그러곤 마치 어깨에 별 세 개를 단 장군처럼 씩씩하게 앞으로 걸어갔다. 화가 머리끝까지 난 민희가 소리쳤다.

"못 하겠으면 빨리 말하지. 지금 못 하겠다 그러면 어떡하냐? 앞으로 너하곤 진짜 안 논다. 양심이다, 너!"

빠로는 힘없는 모습으로 그림 일기장을 다시 가져갔다.

학년이 점점 올라갈수록 아이들은 빠로와 민희가 서로 좋아하는 사이라며 놀리길 좋아했다. 민희는 그런 놀림이 아주 싫진 않았다. 빠로는 공부를 잘했으며, 백설 공주를 살려낸 왕자처럼 코가 오뚝했고, 남자답지 않게 뽀오얀 얼굴에 찬 우물집 앵두나무에 달린 앵두처럼 붉은 입술을 갖고 있었기 때문이다.

여러 이유가 있었지만 그즈음 빠로가 양심이라는 말을 자주 입에 올리지 않았기 때문인지도 모른다. 모르긴 해도 열세 살이 될 때까지 무슨 말에나 양심이라는 말을 붙여 사용했더라면 민희는 아마 빠로를 싫어했을지도 모른다. 하지만 빠로의 행동은 여전히 마음속에 양심이 살아 있음을 증명해 보였다. 초등학교 6년 내내 어린이날 기념으로 주는 '착한 어린이상'을 한 번도 빠지지 않고 받았다. 천 명이 넘는 전교생 중 빠로 혼자였다.

법을 어긴 엄마

민희가 열세 살 되던 해 끔찍한 일이 일어났다. 경찰이 엄마를 잡으러 왔다. 엄마가 선거법을 위반했단다.

양장점에서 재봉틀을 돌리던 엄마가 왜 국회의원 선거 운동에 뛰어들게 되었는지는 나이 어린 민희도 알고 있었다. 그건 순전히 돈 때문이다. 엄마는 국회의원 선거 운동을 해 주면 돈을 준다는 구멍가게 아주머니의 말을 듣고 단 하룻밤 고민 끝에 양장점 일을 걷어치웠다. 뼈 빠지게 재봉틀을 돌려 봐야 네 식구 입에 풀칠하기도 벅찬 양장점 일에 미련이 있을 턱이 없었다. 그쪽에서 먼저 엄마에게 양장점 월급의 다섯 배나 되는 돈을 준다고 했으니, 누구라도 혹하여 덤벼들었을 것이다.

그만한 대우를 해 준 건 민희 엄마가 아는 사람이 무척 많았기 때문이다. 작은 지방 도시에서 선거에서 이기려면 아는 사람이 많아야 유리했다.

하루아침에 엄마가 변신했다. 멋도 없이 아무렇게나 틀어 올린 머리를 자르고 퍼머를 했으며 까만 주름치마에 엷은 하늘색 블라우스를 만들어 입었다.

민희는 벌어진 입을 다물지 못하고 엄마를 바라보았다. 엄마는 순애네 텃밭에 핀 무꽃처럼 예뻤다. 민호, 민주 그리고 민희가 입을 모아 말했다.

"엄마가 이렇게 예쁜 줄 몰랐어!"

엄마가 생긋 웃었다.

"정말?"

"정말이라니까!"

"하긴 처녀 때 예쁘단 말 많이 들었다. 니네 아버지도 한눈에 나한테 반했다니까. 너희를 봐도 알 수 있잖니. 모두들 하나같이 요렇게 잘생기지 않았니!"

민희는 민호의 갈라진 입술을 보며 대답을 하지 않았다. 민호도 언청이 입술이 보이지 않으려고 고개를 숙였다.

엄마는 기대에 들떠 발에 물집이 생길 정도로 돌아다녔다. 계속 그 정도로 돈을 벌 수 있다면 민호의 언청이 수술은 물론 아빠가 남기고 간 빚까지 죄다 갚을 수 있다며 희망에 부풀었다. 하지만 엄마는 하나는 알고 둘을 모르는 바보 같은 희망을 혼자 키우고 있었다. 세계 어느 나라도 국회의원 선거를 쉬지 않고 계속하지는 않는다. 선거가 끝나면 엄마 같은 사람들은 그날로 일자리를 잃고 만다. 엄마는 그걸 계산에 넣지 않았다. 그 사실을 알았더라면 양장점을 쉽게 그만두지는 않았을 것이다. 그 당시 엄마같이 나이 든 여자는 취직하기가 어려웠다. 하긴 고등학교를 나온 영미 엄마도 서울에서 대학을 나온 재식이 삼촌도 그 일을 하고 있었으니 엄마만 탓할 일도 아니었다.

어쨌든 국회의원 선거 운동을 하는 동안 가끔 쇠고깃국, 불고기, 장조림 등 말만 들어도 입에 군침이 도는 기름진 음식을 먹었다. 어느 날은 선거운동에 쓸 돈다발을 머리맡에 두고 잠을 자는 행운도 있었다. 민희는 국회의원 선거에 왜 그렇게 많은 돈이 필요한지 몰라 그 이유를 민주에게 물었다. 민주는 선생처럼 아무리 어려운 문제라도 쉽게 이해시키는 재주를 가지고 있었다.

"돈하고 표하고 바꾸는 거야!"
"어떻게 돈하고 표하고 바꾸는데?"
"예를 들면 내가 엄마고 넌 유권자야!"
"유권자가 뭔데?"
"투표를 할 수 있는 사람!"
"난 유권자가 아닌데?"

"나이가 어리니까 당연히 아니지. 그래서 '예를 들면'이라고 말했잖아."

민주가 부드럽게 말했다.

"아, 참 그랬지!"

만약 엄마에게 물었다면 대화가 여기까지 이어지지도 않았을 것이다. 엄마는 무슨 일이나 이해가 될 때까지 캐묻는 민희를 지겨워했다. 엄마는 그럴 때마다 칼로 무 자르듯 딱 잘라 말했다.

"더 크면 알게 돼! 넌 아직 어려서 이해 못 해!"

민주는 그렇지 않았다. 민희가 알아들었다는 표정을 지을 때까지 그림을 그려 설명해 주었다. 그래도 안 되면 이해하기에 도움이 되는 곳에 데려가 눈으로 직접 확인시켜 주기도 했다. 그마저도 안 되면 배우처럼 연기를 해 보이는 등 온갖 방법을 다 동원했다. 그래서 민희는 민주야말로 학교 선생이 되어야 한다고 생각했다. 하지만 민주는 어려운 집안 형편 때문에 고등학교까지만 다녀야 할 운명이었다

"엄마가 유권자들에게 돈을 주며 꼭 김시영 씨를 찍어 달라고 부탁하는 거야."

"투표는 비밀이잖아?"

"물론 그렇긴 하지."

"돈만 받고 안 찍어 주면 어떡해?"

"그럴 수도 있겠지. 하지만 너, 생각해 봐라. 김시영 씨를 찍어 준다며 돈을 받았는데 어떻게 안 찍어 줄 수 있니? 양심이 있는데……."

"그래도… 아무도 안 보니까… 돈 받고 안 찍어 줄 수도 있잖아. 사람은 양심이 있는데."

갑자기 민주의 목소리가 높아졌다.

"넌 김시영 씨가 국회의원이 안 되면 좋겠어? 엄마가 힘들게 선거 운동하는데?"

"아니, 김시영 씨가 돼야지!"

민희는 민주의 기분을 상하게 하고 싶지 않았다. 그래서 민주가 원하는 대답을 하긴 했지만 마음은 영 아니었다.

문득 같은 반 재수가 생각났다. 재수는 6학년인데도 구구단은 물론 덧셈도 잘 못한다. 그러니 요즘 배우는 원 넓이나 부피 문제를 풀 턱이 없다. 그저 가방만 들고 학교에 다니는 것이다. 공부뿐만 아니다. 행동도 바르지 않았다. 여자아이들이 고무줄 놀이를 하고 있으면 칼로 고무줄을 끊어 달아나고, 쉬는 시간에 화장실에 갔다 와서 자리에 앉으려는 아이의 걸상을 살짝 뒤로 빼내어 엉덩방아를 찧게 했으며, 부잣집 아이들 돈을 빼앗은 적도 있었다.

이런 재수에게 선생은 도덕 점수에 '수'를 주었다. 아이들은 재수 엄마가 선생에게 돈봉투를 주어서 그럴 거라며 수군거렸다. 이런 재수가 반 애들에게 돈을 주고 표를 사서 반장이 된다면, 아이들은 재수를 반장으로 인정하지 않을뿐더러 민희네 반은 엉망진창이 될 것이 불을 보듯 뻔하다.

정말 양심이 있는 유권자라면 그런 돈은 받지 않아야 된다. 그리고 정말 김시영 씨가 국회의원이 될 자격이 있는 사람인가 따져 보아야 한다. 여기까지 생각한 민희는 엄마가 과연 옳은 일을 하여 돈을 벌고 있는가 하는 의문이 들었다. 마음이 편치 않았다.

유권자들은 양심이 없었다. 받아먹은 돈 때문에 김시영 씨에게 표를 던져 주어 국회의원이 되게 했다.

국회의원 선거가 끝나자 엄마의 희망도 끝이 나고 말았다. 엄마는 재봉사로 다시 돌아가야 했다. 하지만 엄마는 금방 재봉사로 돌아가기는커녕 오랜 시간 고통에 시달려야 했다. 돈을 주고 표를 샀기 때문에 선거법에 걸렸다. 엄마와 함께 선거운동을 했던 사람들이 경찰의 눈을 피해 어디론가 몸을 숨겼다. 사람들이 와글와글 떠들다가 잠잠해질 때까지 피해 있어야 한다고 민주가 살짝 알려 주었다.

"그럴 줄 알았어. 양심을 속이는 일이었으니까!"

민희가 말했다. 민주가 입을 앙다물고 입술만 움직이며 말했다.

"넌 엄마가 감옥에 들어가도 좋니?"

"아니!"

"그러니까 그깟 소리 하지 마. 낯선 사람들이 와서 물으면 엄마 어디 갔는지 모른다고 대답해."

"엄마가 잘못했는데도? 김시영 씨가 국회의원이 되고 싶어 엄마에게 심부름을 시켜도 엄마는 안 해야 되잖아. 법에 걸리니까!"

민희가 따지듯 말했다.

"엄마가 이렇게 된 건 다 돈 때문이야. 우리 집에 돈만 많았어 봐라. 엄마가 돈으로 표를 사는 그런 나쁜 일을 했겠니?"

"물론 안 했지. 엄마는 왜 그런 바보 같은 일을 했을까. 양장점에서 일하면 되지."

"너 돈 벌기가 얼마나 힘든 줄 아니?"

민주가 눈을 부릅떴다.

"알아."

"그러니까 잠자코 있어. 엄마가 아무리 잘못해도 우리는 항상 엄마 편이야!"

민주가 분명하고 똑똑하게 말했다. 그리고 잠깐 쉬었다가 또박또박 말했다.

"이 원수를 갚으려면 우리가 열심히 공부해야 돼."

민희는 원수가 누구인지 궁금해서 물었다. 민주의 눈이 순간 흔들렸다.

"돈! 돈만 아니었다면 엄마는 그런 일 안 했겠지!"

돈은 힘이 무척 세다. 민희도 어렴풋이나마 돈의 힘을 느끼는 경우가 종종 있다. 집안이 가난한 사람이 돈을 벌려면 공부 잘해서 출세하는 길밖에 없다고 엄마가 늘 말했다.

민희도 돈을 많이 벌고 싶었다. 그래서 엄마에게 듬뿍 주고 싶었다. 그렇게만 된다면 엄마는 계속 예쁜 엄마로 남아 있을 수 있고 다리 아프게 재봉틀을 돌리지 않아도 된다.

깜박 잊을 뻔했다. 사실 더 급하게 돈이 들 곳이 있었다. 민호 수술비다. 엄마는 민호가 언청이 수술을 적어도 세 번은 받아야 한다고 했다. 그러면 민호도 다른 사람처럼 똑같은 입술을 가지게 된다. 수술비가 쉽게 모이지 않는 모양이었다. 초등학교 6학년과 중학교 3학년 때, 두 번의 수술로 찢어진 입술을 간신히 붙여 놓긴 했지만 그다음 수술비가 없어 민호는 언청이 자국이 선명한 얼굴로 학교에 다녀야만 했다.

민호에게는 엄마가 붙여 준 별명도 있는데 '방구석 귀신'이다. 학교에 가지 않으면 늘 혼자 방 안에만 있었기 때문이다. 엄마는 사내자식이 방 안에 처박혀 책이나 읽으며 시간을 보낸다고 나무랐지만 민희는 그 이유를 알고 있었다. 아무튼 민희는 돈을 많이 벌어 민호 수술비를 대주고 싶었다. 정말 그렇게만 된다면 엄마는 더 이상 민희를 우수리라 여기지 않을 것이다. 그러려면 열심히 공부하는 수밖에 다른 방법이 없다는 생각이 들었다. 공부를 열심히 하면 의사나 판사, 검사도 될 수 있고, 좋은 직장에 들어갈 수도 있다.

하지만 민희는 도리질을 했다. 공부는 너무나 재미없는 일이다. 복잡한 수학 문제를 풀 땐 머리가 빙글빙글 돌 지경이다. 공부가 어려운 건 민주를 봐도 알 수 있었다. 민주는 책상 앞에 앉아 공부하는 시간이 많았다. 시험 때는 달콤한 잠도 즐기지 못했다. 새벽까지 공부한 날 아침엔 코피를 뚝뚝 흘리기도 했다. 그래도 시험 성적 때문에 고민하는 눈치였다.

민희는 감천 냇가를 오르내리며 송사리를 잡고, 황금물결이 출렁이는 들판을 뛰어다니며 잡은 메뚜기를 강아지풀에 나란히 꿰며, 얼음이 살짝 언 논에 들어가 얼음이 깨질까 봐 춤을 추듯 재빠르게 발을 옮기는 짜릿한 재미를 공부 때문에 놓치기는 정말 싫었다.

중학교 시험이 코앞에 닥쳤다. 그때까지 엄마는 경찰의 눈을 피해 시골 큰집에 숨어 지내고 있었다. 민희는 경찰이 엄마를 정말 체포할 생각이 있는 건지 의문이 가긴 했다. 엄마는 경찰이 조금만 관심을 가지면 얼마든지 잡힐 만한 곳에 숨어 있었기 때문이다. 하지만 곧 그 생각을 떨쳐 버렸다. 엄마가 경찰에 체포되기를 바라는 자식이 어디 있겠는가! 아무리 딸을 우수리라 여기는 엄마라 할지라도 누가 뭐래도 엄마는 소중했다.

집안을 이끌어 가는 엄마가 없자 당장 경제적으로 어려움이 닥쳤다. 중학교 2학년인 민주가 집안 살림을 맡아서 했지만 엄마가 없으니까 사람이 있어도 빈집 같았다. 특히 밤이 더했다. 방문을 쇠로 된 문고리로 걸어도 무서웠다.

중학교 원서 마감 날까지 엄마는 돌아오지 않았다. 엄마가 없어도 중학교 시험을 칠 수 있었다. 그러나 돈이 없었다. 민희는 자연스럽게 중학교 시험을 못 보게 되었다. 중학교 원서 마감 날 민희는 따뜻한 아랫목에 두 손으로 턱을 괴고 엎드려 닭똥 같은 눈물을 흘렸다. 공부는 잘 하지 못해도 중학생은 되고 싶었다.

"내년에 시험 봐서 가면 되잖아. 왜 울어 바보같이!"

저녁을 먹으며 민주가 동정심 어린 목소리로 말했을 때, 민희는 버림받은 아이가 된 것 같아 힘없이 고개만 끄덕였다.

다음 날부터 민희는 학교에 가지 않았다. 민주는 중학교에 가지 못하더라도 졸업식 날까지 학교에 가야 한다며 온갖 좋은 말을 다 늘어놓았지만 싸늘하게 굳어 버린 민희의 마음을 녹이지 못했다. 엄한 엄마가 집에 없으니 겁날 사람도 없다.

중학교 시험을 치르는 날 민희는 북쪽으로 난 방문을 활짝 열었다. 뒷담이 없어 오가는 사람들이 눈에 들어왔다. 아이들이 재잘거리며 학교로 향하고 있었다. 대부분 중학교 시험을 치르러 가는 아이들이었다.

민희는 비록 공부를 잘하지 못했지만 시험에 붙을 자신은 있었다. 담임도 백 퍼센트 장담은 할 수 없지만 턱걸이로라도 합격은 할 수 있을 거라고 말했다. 하지만 그게 무슨 소용이 있는가. 시험 칠 자격이 없는데. 훌쩍거리며 밖을 내다보고 있는 민희를 보고 민주가 청승맞다며 핀잔을 주었다. 민희는 벌이 앵앵거리듯 쏘아붙였다.

"언닌 내 마음 몰라. 언니가 어떻게 내 마음 알아? 언니는 나처럼 이런 적 없잖아!"

"엄마 생각해. 엄마는 지금 얼마나 마음이 아프겠니?"

민주 말대로 엄마 생각을 하려고 했다. 하지만 민희 머릿속에는 중학교 교복을 입은 친구들의 모습만 어른거릴 뿐 불쌍한 엄마 모습은 떠오르지 않았다.

"엄마는 절대 나 때문에 마음 안 아파. 오빠 수술 못 해서 마음이 아프지."

"넌 마음이 꽈배기처럼 왜 그렇게 꼬여 있니? 너하고 더 이상 말하기 싫어!"

민주가 자리에서 일어서며 매몰차게 말했다.

아침부터 진한 회색 구름이 낮게 깔려 있더니 서서히 눈발이 바람에 날리기 시작했다. 그러더니 커다란 눈송이로 변해 펑펑 쏟아졌다. 순식간에 주위가 눈으로 덮여 버렸다. 눈길에 눈사람과

눈자동차들이 거북이걸음을 하고 있었다. 사락사락…… 눈 오는 소리가 들려왔다. 민희는 속으로 중얼거렸다.

'더 펑펑 내려라! 모두 시험 못 보게.'

저녁때 20년 만에 찾아온 폭설이라는 라디오 뉴스를 들었다. 이런 기상 이변 속에서도 중학교 시험이 무사히 끝났다며 아나운서 아저씨가 기분 좋은 목소리로 말했다.

초등학교 6년은 바람이 날개를 단 듯 빠르게 지나갔지만, 학교에 가지 않으니까 하루가 무척이나 길게 느껴졌다. 밖에 나가기가 싫었다. 중학교에 진학하는 아이들과 그렇지 못한 아이들 사이에 보이지 않는 금이 그어져 있는 것 같은 느낌이 들 정도로 동네 아이들이 끼리끼리 놀았다.

집에 있어도 학교 소식은 훤했다. 빠로가 집배원처럼 학교 소식을 하루도 빠지지 않고 배달해 주었기 때문이다. 종태와 경미가 나란히 수석으로 입학했다는 소식을 들었을 땐 괜히 심통이 나서 애꿎은 빠로에게 싫은 소리를 해댔다. 빠로가 신부님마냥 조용조용한 목소리로 민희를 위로했다.

"중학교에 못 가더라도 졸업할 때까지 같이 학교 다니자. 안 그러면 졸업장 안 줄지도 모른대."

"누가 그랬어?"

"선생님이……."

"그까짓 졸업장 타면 뭐 해."

"초등학교 졸업장을 따야 내년에 중학교 가지. 그래도 안 갈래?"

약간 걱정이 되었지만 대답하지 않았다.

"너 아이들이 놀릴까 봐 학교에 안 가는 거지?"

"……."

"너만 중학교에 안 가는 거 아니야. 공부 잘하는 순이도 못 가고 정숙이도 집안 사정 때문에 포기했어. 정숙이는 졸업식 끝나면 바로 부산 간대."

"왜?"

"신발 공장에 취직해서 동생 공부시킨대."

"종남이, 아직 초등학교 3학년인데?"

"그러니까 지금부터 돈 모아야지. 정숙이 참 착해. 그치? 민희야, 그래도 애들이 정숙이 안 놀려."

"애들이 놀릴까 봐 학교 안 가는 거 아냐. 가기 싫어서 안 가는 거지! 너 자꾸 학교 말 꺼낼 거면 우리 집에 오지 마!"

민희가 발끈했다. 빠로는 민희 눈치를 힐금힐금 살피며 대문 밖으로 줄행랑을 쳤다. 민희가 벌처럼 앵앵거려도 빠로는 부지런히 민희를 찾아와 학교 소식을 전했다.

민희의 방

　선거법 위반 사건은 저녁 해가 지듯 조용히 사라졌다. 엄마가 집으로 돌아왔다. 엄마는 피곤한 기색에도 불구하고 이 세상에서 가장 아름다운 곳을 쳐다보듯 사랑이 담긴 눈빛으로 방 안을 둘러보았다. 삼남매는 껌딱지처럼 엄마 옆에 바짝 붙어 앉아 그 동안 있었던 일을 쉴 새 없이 재잘댔다. 민희가 초등학교 졸업식에 참석하지 않았다는 민주 말을 듣고 엄마는 믿을 수 없다는 얼굴로 민희를 바라보았다.

　"나이도 어린 게 배짱 하나는 나보다 더 세다니까. 민희야, 중학교는 내년에도 갈 수 있고 내후년에도 갈 수 있어."

　민희가 야무지게 말했다.

　"우리 집엔 내년에도 돈이 없고 내후년에도 돈이 없잖아! 그런데 어떻게 중학교에 갈 수 있어?"

　민주가 중간에 끼어들었다.

　"잔소리 말고 시험공부나 해. 넌 6학년 거 다 배웠잖아. 올 일년 다시 공부하면 교과서를 두 번 훑는 거니까 일등도 문제없겠다. 그치 오빠?"

　민호기 밀없이 웃었다.

"언니나 고등학교 일등으로 들어가. 난 돈이 없어 중학교도 못 가니까!"

민희가 악을 썼다. 엄마는 매우 놀란 눈치였다. 놀라긴? 민희는 속으로 생각했다. 난 우수리잖아. 우수리 주제에 공부는 무슨 공부……. 마음속에서 또 다른 민희가 악을 쓰고 있었다.

"민흰 왜 말끝마다 토를 달까? 민호도 민주도 그러지 않았는데……."

엄마가 긴 한숨을 내쉬며 말했다. 그리고 한참 후 무겁게 입을 열었다.

"엄마는 너희 보기가 부끄럽다. 못 배우고 가난했어도 지금까지 죄짓지 않고 살았는데. 돈 몇 푼 더 준다는 말에 엄마가 저 죽을 줄 모르고 불로 덤벼드는 나방 꼴이 되고 말았어. 엄마가 처신을 잘못해서 나도 고생했고 죄 없는 너희도 고생했다. 특히 민희한테 미안하다. 앞으로는 절대로 이런 잘못은 하지 않으마. 입에 거미줄을 칠 망정 법에 어긋나는 일은 절대 안 할 거다. 너희는 엄마처럼 엄청난 시련과 고통을 겪고 난 뒤, 늦게 잘못을 깨닫고 후회하는 일을 절대 하면 안 돼. 엄마 말 알아들었지?"

민호는 고개를 숙이고, 민주는 눈물을 훔치며 엄마 말을 듣고 있었다. 하지만 민희는 지금 엄마가 한 말을 빼로가 했다면, "입에 거미줄을 칠 망정 법에 어긋나는 일은 절대 안 할 거다. 양심이다." 했을 걸 생각하니 웃음이 나왔다.

엄마는 하루도 편히 쉬지 않고 일자리를 찾으러 다녔다. 전처럼 양장점에 취직하기를 원했으나 엄마가 들어갈 자리가 없었다. 여러 날 수소문한 끝에 변두리에 있는 작은 양장점에 취직했다. 엄마는 그나마 다행이라며 좋아했다.

민희는 즐겁고 빛나야 할 중학교 1학년 시절을 쥐죽은 듯 정적이 흐르는 집안에 갇혀 있어야 했다. 아이들이 학교에 가고 난 밝은 날 책상 앞에 앉아 있으면 공부는 되지 않고 짜증과 분노가 치밀어 올랐다. 그러면 자신도 모르게 입에서 나쁜 말이 튀어나왔다. 처음에는 흠칫 놀랐지만 여러 번 계속하자 아무렇지도 않았다. 이렇게 민희는 나쁜 말과 나쁜 생각으로 마음을 채우며 아름다운 봄을 보내고 있었다.

놀라운 일이 일어났다. 엄마가 민희에게 방 한 칸을 쓰도록 내주었다. 대문간 작은방에 살던 야채 장수 아줌마가 느닷없이 이사 갈 때만 해도 '또 어떤 사람이 이사 올까' 하고 조금 궁금했다.

그런데 그날 밤,

"이제 문간방은 민희 방이니까 깨끗이 청소해. 내일 아침 책상이랑 이불 옮겨 놓고 출근할 테니까."

엄마가 말했을 때 민희는 제 귀를 의심했다. 방 한 칸을 그 누구의 간섭도 받지 않고 혼자 쓸 수 있다니! 놀란 입이 다물어지지 않았다.

민희네 집은 방이 네 칸인데 안방은 엄마, 건넌방은 민호, 그 옆 방을 민주와 민희가 함께 썼다. 다른 한 방은 대문간에 붙어 있는데 지금까지 세를 주고 있었다.

그날 밤 민희는 민주와 나란히 잠자리에 누워서도 실감이 나지 않아 팔뚝을 쑥 내밀며 말했다.

"언니, 이 팔 좀 꼬집어 봐!"

"왜?"

"꿈인지 생신지 모르겠어서……."

민주가 눈물이 나도록 아프게 팔을 꼬집었다.

"아야야!"

민희가 자리에서 벌떡 일어나 눈물이 크렁크렁한 눈으로 말했다.

"꿈은 아니네!"

"근데 엄마가 무슨 돈으로 야채 아줌마를 내보냈지?"

민주가 걱정스럽게 말했다.

"나도 몰라!"

"진짜 돈이 없을 텐데. 무슨 돈으로 야채 아줌마를 내보냈지?"

민주가 고장 난 카세트테이프처럼 몇 번이나 같은 말을 되풀이했다. 민희도 같은 생각이었지만 곧 잊어버렸다.

민희는 근사하게 방을 꾸미고 싶었다. 다음 날 아침, 엄마와 민주가 대문을 나서자마자 책상을 창문가로 옮겼다. 벽에는 좋아하는 영화배우 사진을 보기 좋게 붙이고 민호 방의 라디오도 슬쩍 가져다 놓았다. 마음 좋은 오빠는 용서해 줄 것이 틀림없었다. 책꽂이에 책을 나란히 꽂은 다음 먼지를 털고 팔이 아프도록 걸레질을 하느라 오전 시간을 다 보냈다.

　점심을 먹고 동네 뒷산을 오르내리며 갈대를 한 묶음 꺾어 와 작은 항아리에 꽂고 책상 위에 얌전히 올려놓았다. 그렇게 지저분했던 방이 아늑한 공부방으로 다시 태어났다. 학교에서 돌아온 민주가 방을 들여다보고 말했다.

　"아아, 공부하고 싶은 마음이 절로 생기겠다!"

　사실 그랬다. 책상에 앉아 문제를 풀면 아무리 어려운 문제라도 척척 풀릴 것 같았다.

　엄마가 퇴근하면서 학교에 들러 졸업장을 찾아왔다.

　"선생님이 공부 열심히 해서 내년에 꼭 시험 붙으라고 하셨다."

　"시험에 붙으면 뭐 해. 돈이 없는데……."

　엄마가 민희의 억센 기를 꺾으려고 엄하게 말했다.

　"머리에 피도 안 마른 게 왜 매일 돈타령이야. 엄마는 아무리 어려워도 중학교 공부는 시킨다. 민호는 장학금 타니까 걱정 없고, 민주는 공부 잘하니까 등록금만 마련하면 되고, 근데 민희 넌 시험에 붙기나 할는지 그게 걱정이다."

"떨어지면 엄마는 더 좋잖아? 어차피 간판 따려고 중학교 가는 건데."

"누가 그래?"

"정자 엄마가. 여자들은 간판 따려고 학교에 가는 거나 마찬가지래. 간판이 좋아야 시집 잘 간다면서……"

순간 엄마의 얼굴이 벌겋게 달아올랐다.

"애 데리고 귀신 씨나락 까먹는 소릴 왜 한다니? 살다 보면 몰라서 불편한 게 얼마나 많은데. 공부는 사람답게 살기 위해 하는 거야. 간판 따서 시집 잘 가려고 다니는 곳이 아니야, 학교는. 쓸데없는 소리 말고 6학년 1학기 공부부터 착실히 해!"

엄마가 소리 나게 문을 닫았다. 중학교를 생각하면 힘이 나지만 입학시험을 생각하면 몹시 우울해졌다. 문제집을 펴면 이미 배웠음에도 불구하고 이해가 되지 않는 부분이 너무나 많았기 때문이다.

언제부터인지 모르겠지만 혼자 있으면 외로움과 쓸쓸함이 물밀 듯이 밀려왔다. 이제 빠로와 끝말 이어가기, 공기놀이 같은 시시한 놀이는 그만두고 무엇이나 지껄이고 싶었다. 그런데 빠로가 전 같지 않았다. 학교가 끝나면 곧바로 민희에게 들르긴 했지만 그것도 잠깐이었다. 그래서 토요일과 일요일 외에는 빠로와 오래 놀 생각은 버려야 했다. 민희의 마음속에 자리 잡은 빠로에 대한 은밀한 감정을, 빠로는 변함없는 우정으로 여기고 있었다.

라디오를 켰다. 빠른 음악이 방 안에 울려 퍼졌다. 민희는 음악의 바다에 풍덩 몸을 던졌다. 마음은 즐거워 반짝거렸고 그에 맞춰 몸도 흔들렸다.

낯선 아이

민희가 제 방을 얻은 지 사흘째 되는 날 저녁 무렵이었다.

엄마가 낯선 아주머니와 나란히 대문을 들어섰다. 검정 투피스를 단정히 입고 핸드백을 든 걸 봐서 부잣집 부인 같았다. 옷차림 못지않게 얼굴도 예뻤다. 아주머니는 혼자가 아니었다. 머리를 양쪽으로 길게 땋은 여자아이가 웃는 표정으로 뒤따라 들어왔.

서글서글한 큰 눈에 눈동자가 분꽃 씨처럼 까맸는데 무척 슬픈 빛을 띠었고, 발그레한 두 볼은 익어 가는 사과 빛이었다. 보기만 하면 누구나 탄성을 지를 만한 예쁘고 단정한 소녀였다. 세라복과 반짝이는 까만 구두가 매우 인상적이었다. 하지만 가는 다리와 긴 목이 코스모스를 연상시켜 아무 일이나 도와주고 싶은 생각이 들게 했다.

민희는 여자아이의 눈에 자신이 너무나 촌스럽게 보일 것 같아 몸이 오그라드는 느낌이었다. 엄마도 민희와 같은 생각을 하고 있다는 것을 행동으로 알 수 있었다. 엄마는 매우 정중하고 상냥하게 두 모녀를 대하고 있었다.

낯선 아주머니가 정이 담긴 목소리로 민희에게 물었다,

"아주 똑똑하게 생겼구나. 이름이 뭐니?"

"민희예요. 강민희. 열네 살이에요."

똑똑하다는 말에 묻지도 않은 나이까지 말해 버렸다.

"어마나, 우리 소야와 동갑이네!"

아주머니가 기뻐하며 소녀를 보고 수화를 했다. 민희는 자신의 눈을 의심했다. 누가 말해 주지 않아도 소녀가 벙어리라는 걸 알 수 있었기 때문이다. 속으론 굉장히 놀랐지만 내색은 하지 않았다. 고민이라곤 없는 듯 밝은 표정인 소야가 뭐라고 손으로 대답했다.

'세상에! 참 예쁘기도 하다!'

손으로 하는 말이 입으로 하는 말보다 기품 있게 느껴졌다. 손에 실리는 표정이 그렇게 만드는 걸까!

무슨 말인지 알 수는 없었지만 두 모녀가 민희에 대해 아주 좋은 감정을 가지고 있음을 표정으로 알 수 있었다.

아주머니가 민희의 손을 잡으며 말했다.

"얘 이름은 민소야고 아줌마 딸이란다. 음, 지금 봤지? 소야가 말 못 하는 거……."

아주머니 눈에 눈물이 어렸다.

"소야는 벙어리야. 하지만 읽고 쓰기는 아주 잘 한단다."

민희는 예상하지 못했던 낯선 사람과의 만남으로 꿈을 꾸는 것 같은 착각에 사로잡혔다. 엄마가 어색한 분위기를 깼다.

"자, 민희야, 소야와 정식으로 인사해야지. 앞으로 우리 집에서 같이 지내게 될 테니까."

민희는 깜짝 놀란 표정으로 엄마를 바라보았다. 엄마가 민희의 시선을 무시한 채 아주머니를 보고 빠르게 말했다.

"난 소야를 보자마자 우리 민희와 친하게 지낼 수 있을 거라고 생각했어요. 민희는 낮에 집에서 혼자 공부해요. 내일부터 과외를 받으러 잠깐 나갔다 오겠지만요. 그 외에는 소야와 같이 공부하고 같이 놀 수 있어요."

소야가 먼저 웃으며 손을 내밀었다. 민희는 엉겁결에 소야의 손을 잡았다.

그 날 밤, 민희는 소야와 아주머니에게 방을 내주고 안방에서 엄마와 나란히 잠자리에 들었다. 마음이 복잡했다. 민희의 기분을 눈치 챈 엄마가 말했다.

"소야 엄마는 내일 아침에 서울로 떠나."

"소야 놔두고?"

"그래."

"정말 벙어리와 같이 방을 쓰란 말이야?"

민희가 자리에서 벌떡 일어나 앉으며 말했다. 엄마가 달래듯 낮은 목소리로 길게 말을 이어나갔다. 마치 동화를 들려주는 듯.

소야네 집은 원래 부자였는데 부도가 나는 바람에 아버지가 쓰러지고 말았다. 아버지는 곧 병원으로 옮겨졌지만 말 한마디 못하고 하늘나라로 떠났다. 재산을 팔아 빚을 다 갚고 나니 남은 재산이 없었다. 소야 엄마가 돈을 벌어야 했다. 서울에 취직이 되긴 했지만 소야를 데려갈 형편이 되지 못했다. 9월에 소야는 중학교에 갈 예정이다.

대충 이런 내용이었다.

소야의 형편은 딱했지만 화는 풀어지지 않았다.

'혼자 방을 쓰라고 할 때부터 이상했어. 일찍 말해주지 않고 지금에야 말해 주는 게 어딨어.'

민희는 속으로 쫑알거렸다.

"없는 사람이 없는 사람 형편 안다고, 미장원 아줌마가 소개했을 때 엄마는 민호 생각이 났어. 둘 다 장애가 있잖아. 오죽하면 벙어리 자식 떼어 놓을 생각을 했을까! 그래서 앞뒤 생각 않고 우리 집에 데려오기로 마음먹었다. 그렇다고 소야가 그냥 우리 집에 있는 거 아니야. 소야 엄마가 다달이 돈을 부쳐 준다고 약속했다. 말하자면 소야가 우리 집에 하숙을 하는 셈이지. 엄마는 소야 엄마가 주는 돈을 니 과외비에 쓰려고 한다. 엄마 벌이로는 과외비가 무리여서 어떻게 하나 걱정했는데, 마침 잘 됐지 뭐니. 내 부담이 그만큼 줄어들었어. 나는 소야에게 문간방을 주려고 했는데 소야 엄마가 소야와 니가 방을 같이 쓰길 원하더구나. 동갑이니까 말도 잘 통할 것 같다면서 말이다. 외롭지 않고, 일거양득이라면서. 소야 엄마 말이 일리가 있어서 엄마도 찬성했다. 힘들어도 니가 먼저 양보하고 그래. 불쌍한 아이잖아."

민희는 무슨 일이나 엄마 혼자 계획하고 실행하는 데 화가 났다. 난생 처음 가져 본 공부방을 이런 식으로 빼앗는 엄마가 너무 미워서 매몰차게 말했다.

"방을 같이 쓸 수 있는 아이인지 아닌지는 내가 판단해야 되잖아? 말도 못 하는 아이와 답답해서 어떻게 같은 방을 써? 엄마 맘만 있고 내 맘은 없어?"

"말은 꼭 입으로만 하는 게 아니다. 눈으로도 하고 몸으로도 하고 마음으로도 하는 거야. 다행히 소야는 글을 잘 쓴다시 않니. 글로 써서 소통하면 되잖아. 물론 니가 어렵겠지만…… 소야를 불쌍하게 생각해. 벙어리로 평생을 살아야 하는 애잖아. 정상적인 우리가 이해하며 살아야지. 엄마는 하숙비를 준다는 말에 욕심이 나긴 했지만 또 다른 이유가 있어. 소야는 바느질을 배우고 싶어해. 이다음에 고운 한복을 만들고 싶대. 그 마음이 얼마나 고운지 우리 집에 있는 동안 엄마가 바느질을 가르쳐 주기로 했다. 그러니 너도 친절하게 대해 줘."

평소의 엄마답지 않게 꽤 긴 말로 민희의 마음을 달래려 했다. 엄마는 무슨 일이든 결정을 빨리 내렸고, 그것에 충실하려고 애를 썼다. 하지만 민희는 마음이 내킬 때는 무엇이나 잘 하지만 그렇지 않으면 깐깐하게 굴었다. 민희는 낯선 아이와 같은 방에서 생활하는 일이 영 달갑지 않았다. 말도 못 하는 아이와 어떻게 종일 같이 생활한단 말인가. 그래서 엄마에게 설득당하지 않으려고 천장을 향해 꼼짝 않고 누워 있기만 했다. 달빛이 방 안 깊숙이 들어와 부드러운 손길로 민희를 어루만져 주었다. 민희는 어느새 스르르 잠이 들었다.

얼마나 잤을까? 이상한 소리에 눈을 떴다. 가만히 귀를 기울여 소리의 정체를 찾았다. 누군가 우는 소리였다. 울음소리는 아주 가늘었다. 엄마는 고른 숨소리를 내며 잠에 빠져 있었다. 소리 나지 않게 일어나 마당으로 내려섰다. 민희를 잠에서 깬 그 소리는 대문간 민희의 방에서 들려오고 있었다.

방문 가까이 고양이걸음으로 걸어갔다.

엄마마저 떠나보내야 하는 아이, 민소야. 자신과 같이 아버지가 없다고 생각하니 불쌍한 생각이 들었다.

아버지 생각을 하니 괜히 눈물이 나려고 해서 고개를 들어 하늘을 올려다보았다. 달님이 바람에 쫓겨 부지런히 걸음을 옮기고, 밤잠을 못 이룬 이름 모를 새가 슬픈 노래를 부르고 있었다. 그날 밤 민희도 오래도록 잠을 이루지 못했다.

다음 날 아침, 소야 엄마는 서울로 가는 기차를 타기 위해 서둘러 집을 나섰다. 소야는 대문 앞에서 어제와 같이 밝은 얼굴로 엄마를 배웅했다. 소야 엄마와 소야의 모습에서 어젯밤의 슬픔은 그 어디에서도 찾아볼 수 없었다.

민희는 엄마를 따라 과외 선생을 만나러 갔다. 민희는 겉으론 중학교 진학에 관해 냉랭한 반응을 보였지만 속으로는 그와 반대였다. 비록 공부는 못하더라도 다른 아이들처럼 단발머리에 단정한 교복을 입고 성당 앞길을 가로질러 학교로 향하는 언덕길을 걸어가고 싶었다.

과외 선생 앞에서 중학교 예상 시험 문제를 반만 맞혔어도 엄마에게 과외 같은 건 필요 없으니까 하숙생 소야를 보내 버리라며 떼를 썼을지도 모를 일이다. 하지만 결괴기 좋지 않았다. 형편없는 실력으로 중학교 시험을 본다면 보나마나 불합격이다. 민희는 소야에 대해 더 이상 이야기하지 않기로 마음을 정했다. 그러고 나니까 쓸데없이 조잘대는 수다쟁이를 하숙생으로 들이기보다는 말 못 하는 소야가 나을지도 모른다는 약삭빠른 생각도 들었다. 적어도 무슨 짓을 하든 엄마에게 고자질은 못 할 테니까.

민희에게 6학년 전 과목을 가르쳐 줄 과외 선생은 신음동 다리 건너 '소꾸미'라는 동네에 살고 있었다. '소꾸미'는 '소의 꼬리'라는 뜻이다. 동네가 소처럼 생긴 산 아래에 자리 잡고 있었다. 멀리서 보면 동네가 소꼬리에 해당하는 부분이다. 민희가 사는 부곡동에서 시내를 통과해 소꾸미까지 가려면 적어도 삼십 분 이상은 걸어야 했다.

아무리 작은 도시라 해도 그 먼 곳에 있는 선생을 굳이 찾아가야만 하는 이유가 무엇일까? 엄마는 그 선생에게서 배운 아이들은 한 명도 중학교 시험에 낙방하지 않았기 때문이라고 했지만, 사실은 저렴한 과외비 때문이었다.

과외 선생은 풍만한 몸매를 가졌음에도 불구하고 신경질적으로 보였다. 그녀는 처음 보는 민희에게 공손하게 인사하는 법을 다섯 번이나 가르쳤는데, 엄마는 그 점을 마음에 들어했다. 민희가 엄마 옆에 두 다리를 모으고 얌전히 앉자 선생은 자신의 약력을 길게 말한 다음 '김 선생님'으로 불러 달라며 콧소리로 말했다. 그리고 결혼을 안 한 게 굉장히 자랑스러운 듯 두 번이나 강조하여 말했다.

집으로 돌아오며 엄마는 이것저것 주의를 주었다. 신읍교 부근은 시내 중고등학교에 다니는 농땡이들의 집합소다. 농땡이들이 말을 걸어오더라도 절대 대꾸하지 말며 호젓한 지름길로 오가지 말고 꼭 시내를 거쳐 다닐 것 등.

민희는 엄마가 뭐라고 하든 답답한 집을 빠져나와 밝은 햇살 아래 눈요깃거리가 많은 시내를 거쳐 낯선 동네를 오가는 기쁨에 들떠 과외 선생이 김 선생이라고 했는지 강 선생이라고 했는지 기억하지 못할 정도였다. 시내에 들어온 엄마가 출근 시간이 늦었다며 민희를 향해 말했다.

"소야 혼자 너무 오래 집을 보게 했구나. 빨리 가서 친구 해 줘."

민희가 무뚝뚝하게 대답했다.

"말도 못 하는데 어떻게 친구 해?"

"민희 너, 그런 말 자꾸 하면 죄 받아. 소야가 우리 집에 안 왔으면, 우리 형편에 너 과외 시킬 수 있니? 넌 소얄 하늘처럼 위해 줘야 해."

엄마가 두 눈을 부라리며 말했다.

민희는 심드렁한 얼굴로 엄마와 헤어진 뒤 집으로 돌아왔다.

소야가 두 다리를 흔들며 마루 끝에 앉아 있었다. 어제 입은 예쁜 세라복 대신 작은 꽃무늬가 있는 원피스를 입고 있었다. 어제는 한 송이 수선화 같았다면 오늘은 벚꽃처럼 화사했다. 민희는 자신이 초라하게 느껴졌지만 소야처럼 예쁜 옷을 입지 않았기 때문이라며 스스로 위로했다.

소야와 조금 떨어진 곳에 앉았다. 소야에게 뭐라 한마디는 해야겠는데……, 그 방법이 도무지 생각이 나지 않아 소야처럼 두 다리를 앞뒤로 흔들며 구름 한 점 없이 파랗기만 한 하늘을 올려다보았다. 딱딱하고 어색한 분위기와 달리 하늘은 부드럽고 포근했다.

농땡이들

소야가 민희네 집에 온 지 벌써 여러 날이 흘렀다. 민희는 그동안 소야와 말 한마디 나누지 못했다. 김 선생이 숙제를 많이 내주지 않아 마땅히 할 일도 없었는데…….

소야와 민희는 방바닥에 엎드려 있거나 마루 끝에 앉아 있거나 책을 뒤적거리거나 했다.

어쩌다 서로 눈길이 마주치면 소야는 예쁜 눈이 먼저 웃고 그

다음 입이 웃었다. 그러면 작은 볼우물이 패여 여간 예쁘지 않았다. 이때 민희가 할 수 있는 일은 같이 웃어 주는 것뿐이었다. 너무나 쉬운 일이었지만 민희는 하지 못했다. 어색했기 때문이다. 사람은 마음이 통했을 때 마주보고 웃는다. 아무리 아무도 없는 작은 집에 단둘이 있다지만 마음이 통할 어떠한 이야깃거리가 없는데 어떻게 웃을 수 있는가. 미친 사람이 아닌 바에는.

방바닥에 엎드려 라디오를 켰다. 귀에 익은 팝송이 흘러나왔다. 민주가 흥얼대던 '노노레타'였다. 무척 감미로운 팝송이어서 언젠가 민주에게 그 뜻을 물어보았다. '나이도 어린데… 어쩌고저쩌고, 그런 노래야.' 이렇게 대충 얼버무리더니 팝송은 분위기로 듣는 거라며 눈을 내리깔아 버렸다.

민희는 민주처럼 눈을 감고 노래의 분위기에 젖어 보려고 했지만 엿장수 가위 소리와 얼음과자를 팔러 다니는 남자아이의 더위 먹은 목소리가 더 빠르게 귀에 파고들어 노래의 맛을 느끼지 못하고 있었다.

노래가 다 끝났다. 민희가 자리에서 일어나 앉았다. 소야가 벽에 등을 기대고 앉아 공책에 무엇인가를 긁적이고 있었다. 호기심이 일었지만 무관심한 척하기로 했다.

점심 먹을 시간이 지나 있었다. 언제나 점심 준비는 민희 몫이었다. 소야만 없다면 좋아하는 국수로 때울 수 있지만 소야는 손님과 마찬가지다. 밥을 차려야 했다. 똑같은 열네 살인데 한 사람은 손님, 한 사람은 하인 같은 신세다. 문득문득 소야 엄마가 주는 돈으로 공부를 한다고 생각하면 자존심이 상하곤 했다.

민희는 부엌으로 나가 엄마가 미리 준비해 둔 찌개를 불 위에 올리고 밥상을 차리기 시작했다. 소야가 부엌으로 따라 나와 손짓으로 뭐라 했지만 민희는 상관하지 않았다. 소야의 말은 민희에겐 아무런 뜻도 없는 그저 손짓에 불과했으므로.

엄마는 소야에게 헝겊으로 인형을 만들어 주었다. 비록 털실로 머리카락을 대신하고 눈·코·입은 가는 붓으로 그렸지만 소야는 아주 마음에 들어 했다. 엄마는 시간이 날 때마다 여러 색깔의 헝겊을 소야에게 주며 인형 옷 만드는 법을 가르쳐 주었다.

소야는 민희네 가족과의 생활에 매우 만족해하는 것 같았다. 행복한 얼굴로 인형 옷을 만들거나 집안일을 거들었다. 그리고 하루에도 몇 번씩 대문 밖으로 나가 서울 엄마의 편지를 가져다줄 집배원 아저씨를 기다렸다. 그러다가 집배원 아저씨가 오지 않으면 민희네 집이 있는 부곡동을 벗어나 호숫가와 남산 공원, 감천 냇가를 지나 철길 넘어 과수원까지 산책하곤 했다.

민희는 수화를 익혀야 했다. 벙어리와 한 집에 살다 보면 최소한의 언어는 필요했다. 그래서 수화를 익히기 시작했다. 수화를 배우는 데는 그리 시간이 오래 걸리지 않았다.

두 손을 배에 대고 왼손은 주먹 쥐고 오른손으로 그 위를 쓰다듬으면 '사랑'을 나타내고, 두 손을 엄지손가락부터 새끼손가락까지 구부리면 '얼마나'라는 뜻인데 이 말은 셀 수 없이 많은 정도를 나타내는 속뜻을 가지고 있다는 것도 쉽게 알았다.

대화가 필요할 땐 소야가 종이에 글을 쓴 다음 그 내용을 수화로 몇 번 시범을 보였다. 그러면 민희는 종이와 소야를 번갈아 쳐다보며 따라했다. 이런 방법으로 자연스럽게 수화를 익혀 나갔다.

소야는 민희가 방금 익힌 수화를 잊어버리고 엉뚱한 손짓을 해도 실망스런 표정을 짓거나 비웃음을 보내지 않았다. 오히려 격려하는 빛이 가득 담긴 맑은 눈으로 민희가 민망하지 않도록 세심한 주의를 해 가며 잘못된 점을 고쳐 주었다.

만약 김 선생이 소야의 반만이라도 친절하게 공부를 가르쳐 주었더라면 민희는 소름이 돋도록 공부가 싫어지지 않았을 것이다.

공부를 가르칠 때 김 선생의 목소리는 높낮이가 없었다. 그런 데다가 엄격함이 배어 있어 겁이 났다. 김 선생은 전과에 나오는 모든 것을 일방적으로 설명했는데 책 내용과 토씨 하나 틀리지 않았다. 그 점은 경이로웠다. 하지만 기초 학습이 잘 되어 있지 않은 민희로서는 쉬지 않고 흐르는 시냇물처럼 선생의 입에서 쏟아져 나오는 그 많은 내용을 머리에 옮겨 담기가 너무나 어려웠다.

민희는 김 선생 앞에 앉아 책을 펴는 순간 온몸이 빳빳하게 굳어지고 누가 뒤에서 머리카락을 잡아당기는 듯한 착각에 사로잡히곤 했다. 어쩌다 불쑥 질문이라도 받게 되면 머리가 혼란스럽고 어지러워 질문에 맞는 대답이 나오지 않았다. 그러면 김 선생은 작게 찢어진 눈을 더 가늘게 뜨고,

"이렇게 못하면 넌 영락없는 미역국이라니까!"
하며 으름장을 놓았다. 그런 말을 들으면 자신이 너무나 초라하게 느껴져 눈물이 나오려고 했다.

김 선생에게 야단을 맞은 날은 시내를 통과하지 않고 시내에서 멀리 떨어진 호수 옆으로 난 지름길을 따라 집으로 돌아왔다. 그런 날은 복잡한 시내보다는 푸른 하늘과 잔잔한 호수 그리고 초록 잎들이 한결 마음을 편하게 해 주었기 때문이다.

호수는 그리 넓지 않았지만 물속을 헤엄쳐 다니는 물고기가 보일 정도로 맑았다. 그 주위로 벚나무가 빙 둘러서 있어 혼란스러운 마음을 가라앉히기에 아주 좋았다. 호숫가를 거니는 젊은 연인들이 간혹 있어 엄마 말처럼 무섭지 않았다.

누군가 돈벌이를 하려고 호수에 보트를 두 대 띄워 놓았다. 하지만 돈을 주고 보트를 이용하는 사람은 아주 드물었다. 튼튼한 말뚝에 굵은 밧줄로 묶여 있는 보트는 저 혼자 바람을 타며 노는 날이 훨씬 많았다.

어쩌다 사람을 태우고 호수를 헤엄쳐 다니긴 했지만 그건 아주

드문 풍경이었다. 민희는 단 한 번만이라도 좋으니 보트를 타고 천천히 노를 저어 햇볕이 넘실거리는 물 위를 구름처럼 한가롭게 떠다니고 싶었다.

그날도 김 선생에게 야단을 맞고 신음교를 건너 호수를 지나 집으로 갈 참이었다. 소꾸미를 벗어나 신음교 위에 올라섰다. 농땡이들의 집합소라는 엄마 말을 잊은 채 지나다니는 사람이나 자동차가 드문 다리 난간을 잡고 쉬지 않고 흐르는 냇물을 내려다보았다.

맑은 물에 한가롭게 노는 물고기들이 눈에 들어왔다. 민희는 바짓가랑이를 걷고 냇물로 들어가 물고기를 잡고 싶은 유혹에 빠졌다. 민희는 한가하게 유영하는 물고기를 바라보다 다시 눈길을 위로 돌려 둥둥 떠다니는 구름을 본다. 그러길 몇 번째.

저 아래 다리 기둥 뒤에서 까까머리 남학생이 걸어 나오더니 손가락으로 민희를 가리키며 아래로 내려오라는 신호를 보냈다. 민희는 자석에 이끌리듯 신음교 밑으로 걸어갔다.

다리 밑은 난리법석을 떨어도 길가는 사람들이 눈치채지 못할 만큼 으슥했다. 아직 학교가 끝날 시간이 아닌데도 남녀 중고등학생 예닐곱 명이 노닥거리고 있었다. 더 놀랄 일은 민호만한 남학생과 어떤 여학생이 담배를 입에 물고 있는 모습이었다.

그제야 신음교 밑이 농땡이 집합소라는 엄마 말이 생각났다.

농땡이한테 붙잡히면 어떤 괴로움을 당하는지 구체적인 말을 듣지 않았음에도 불구하고 온몸이 떨리기 시작했다.

"몇 학년이냐?"

농땡이 하나가 껌을 질겅질겅 씹으며 물었다.

"학교 안 다니는데요."

"그런데 가방은 왜 들고 다녀?"

민희 책가방을 가리키며 물었다.

"내년에 중학교 가려고 과외 받으러 다니는데요."

갑자기 그 학생이 괴상한 몸짓으로 말했다.

"햐, 그럼 중학교에 떨어졌구나. 니네들 똑똑히 봐라. 우리보다 공부를 더 못하는 아이가 있다는 사실. 두 눈으로 직접 확인했지?"

농땡이들이 낄낄 웃었다.

민희를 다리 밑으로 내려오게 만든 농땡이가 민희를 보고 어금니 사이로 뱉어내듯이 말했다.

"야, 우린 이렇게 농땡이를 쳐도 시험에 다 붙었다. 중학교 시험도 떨어진 주제에 그까짓 과외 받는다고 붙을 것 같냐? 근본적으로 대갈통이 좋아야지, 대갈통이!"

농땡이가 민희의 머리를 손가락으로 몇 번 밀었다. 그 순간 민희는 얼굴의 핏기가 가시고 모욕감으로 뒷목이 뻣뻣해지는 걸 느낄 수 있었다. 앞에 있는 농땡이가 칼을 든 강도라도 상관없었다. 민희는 두 주먹을 불끈 쥐고 펄펄 날뛰었다.

"난 중학교 시험에 떨어지지 않았어! 시험을 안 봤을 뿐이야! 남의 사정도 모르면서 왜 멋대로 말해?"

농땡이가 험악한 얼굴로 껌을 퉤 뱉더니 민희 앞으로 다가왔다. 덜덜 떨리던 마음이 빠른 속도로 안정되어 갔다. 남의 사정도 모르면서 멋대로 이야기하는 건 너무나 나쁜 짓이다. 맞아도 좋다는 얼굴로 농땡이의 얼굴을 노려보았다.

그때 담배를 피우고 있던 여학생 농땡이가 운동화를 소리 나게 끌며 다가와 민희에게 말했다.

"왜 시험 안 봤냐? 공부하기 싫어서? 아님, 머리가 나빠서? 과외 받으러 다니는 것 보면 분명히 머리 쪽인 것 같은데……."

민희가 용감하게 말했다.

"머리가 나빠서 시험 못 본 게 아니야. 돈이 없어서 못 봤지!"

"그게 말이 된다고 생각하냐? 지금 과외 받으러 댕긴다며?"

대답하고 싶지 않았다.

"너 소꾸미 미스 악마한테 배우러 다니지?"

"아니야. 김 선생님이야!"

"그 사람이 바로 미스 악마야. 우린 그렇게 불러. 얼굴도 악마, 가르치는 것도 악마 같거든. 어쨌든 과외를 받으러 다니면서, 뭐 돈이 없어서 시험 못 봤다고? 솔직하게 떨어질까 봐 시험 못 봤다고 말해야지. 머리에 피도 안 마른 게 거짓말이나 하고 말이야. 그리고 너 누구한테 반말이냐, 반말이."

여학생 농땡이가 한 손을 높이 들어 민희를 내리칠 듯이 말했다.

그제야 민희는 겁이 나기 시작했다.

"가만, 가만. 내가 손 좀 봐 줄게!"

키 큰 남학생 농땡이가 손바닥을 털면서 가까이 다가올 땐 숨이 멎는 것 같았다. 성큼성큼 다가온 남학생 농땡이가 민희의 뒷덜미를 잡아 번쩍 들어올렸다. 민희는 심하게 다리를 버둥댔다. 농땡이들은 민희의 애처로운 모습을 즐기는 듯 바라보고 있었다.

"앞으로 우리한테 높임말 써. 알았어?"

대답 대신 고개를 약간 끄덕였다.

"우리한테 잘못 보였다간 다리 몽둥이 부러져. 그렇게 되지 않으려면 우리가 시키는 대로 해. 내 말 알아들었어?"

또 보일 듯 말 듯 고개를 끄덕였다.

"내가 보기엔 아직 아닌 것 같은데. 저기 꿇어앉아 반성 좀 해!"

민희는 시키는 대로 땅바닥에 꿇어앉았다. 하지만 뭘 반성해야 하는지 알 수가 없었다. 시간이 꽤 지날 때까지 꿇어앉아 있으니까 다리에 쥐가 나고 바닥에서 올라오는 차가운 기운 때문에 온몸이 굳어 버리는 듯했다.

눈물 한 방울 흘리지 않고 농땡이들의 하는 모습을 바라보았다. 농땡이들은 하나같이 복장이 단정하지 못했다. 남학생 중 세 명은 민호와 같은 학교에 다니는 모양이었다. 모자에 단 교표가 민호 것과 똑같았다. 민호의 단정한 교모와는 달리 농땡이들의 모자는 하나같이 재봉틀로 이리저리 어지럽게 박음질이 되어 있었다.

신발도 교칙으로 정한 검정색 운동화가 아닌 흰색이었다. 농땡이들은 저희끼리 낄낄거리다가, 담배를 피우다가, 다리 난간을 향해 발길질을 하다가, 가방 속에서 꺼낸 만화책을 돌려보는 등 지루하게 시간을 보내더니 중고등학생들이 하나 둘 집으로 돌아가는 기미가 보이자 갑자기 활기를 띠기 시작했다.

먼저 한 농땡이 남학생이 어슬렁거리며 다리 위로 올라갔다. 그러더니 세 명의 남학생을 끌고 왔다. 잡혀 온 남학생들은 하나같이 민호처럼 복장이 단정한 걸로 봐서 모범생이 틀림없었다.

농땡이들이 껌을 질겅질겅 씹으며 끌려온 남학생들을 빙 둘러쌌다. 그러곤 한 농땡이가 괴물 같은 이를 드러내 보이며 뭐라는 말 한마디 없이 한 손을 내밀었다. 그러자 끌려온 남학생들이 호주머니와 가방을 뒤적여 얼마의 돈을 농땡이 손바닥에 놓았다. 돈을 확인한 농땡이가 잡혀 온 남학생 한 명을 향하여 갑자기 주먹을 날리며 말했다.

"이게 뭐야? 쩨쩨하게. 앞으로 더 가지고 다녀, 임마!"

두들겨 맞은 남학생이 땅바닥에 털썩 주저앉아 터져 나오려는 비명을 참고 있었다. 나머지 두 명은 맞지도 않았는데 얼굴이 백짓장처럼 하얗게 질려 덜덜 떨고 있었다.

농땡이가 말했다.

"임마, 뭘 보고 있어? 빨리 꺼지지 않고!"

얻어맞은 남학생이 자리에서 일어나기도 전에 두 명의 남학생은 벌써 뛰다시피 강둑을 올라가고 있었다. 바보들! 민희의 입술에 웃음이 흘렀다. 단 한 번의 반항도 하지 않고 돈을 주는 바보들. 할 수 있는 거라곤 시험 잘 치는 재주밖에 없을 것 같은 바보들.

싸울 만큼 싸워 본 뒤에 돈을 줘도 늦지 않을 텐데. 달리기를 할 때나 높은 데서 뛰어내릴 때 하는 것처럼 하나, 둘, 셋 힘을 모아 셋이 같이 덤벼들면 될 텐데, 겨뤄 보지도 않고 잽싸게 도망치다니.

반면에 농땡이들은 영화에서나 볼 수 있는 행동을 서슴없이 옮기는 용기를 가지고 있었다. 민희 눈에는 바보 같은 모범생보다는 농땡이들이 더 멋있어 보였다.

돈을 빼앗은 농땡이들은 기분이 좋아 보였다. 농땡이 중에서 대장인 듯한 남학생 옆에 바짝 붙어 앉아 있던 여학생 농땡이가 말했다.

"아이스크림 먹고 싶어!"

"야, 영덕아, 예쁜이가 아이스크림 먹고 싶단다!"

대장 농땡이가 빼빼 마른 농땡이를 보고 말했다.

"좋지!"

영덕이-농땡이 중 제일 먼저 이름을 알았다-가 돈을 흔들며 말했다.

"누가 갔다 올래?"

이젠 멀리 떨어져 있는 가게까지 누가 갔다 올지를 정할 차례였다.

농땡이들은 서로 눈짓을 주고받더니 일제히 민희를 바라보았다.

대장 농땡이가 턱으로 민희를 가리키며 말했다.

"니가 좋겠다."

농땡이들도 좋은 생각이라며 맞장구를 쳤다.

"일어서."

영덕이가 말했다. 민희는 자리에서 벌떡 일어나 저려 오는 다리를 두드리며 반짝이는 눈으로 돈을 헤아리는 영덕이를 바라보았다.

심부름을 하면 아무리 농땡이들이라 해도 수고한 값으로 얼음과자 하나는 주겠지.

이런 심부름은 얼마든지 하고 싶었다. 얼마나 먹고 싶었던 얼음과자인가. 민희는 땀을 뻘뻘 흘리며 신음교 건너 저 멀리 있는 가게를 향하여 달리기 시작했다.

커 가는 미움

소야는 빠르게 민희네 가족이 되어 갔다. 그 반대로 민희는 가족의 관심에서 점점 멀어져 갔다. 적어도 민희는 그렇게 느끼고 있었다. 엄마와 민호 그리고 민주는 어린 아기에게 맛있는 음식을 한 숟가락 한 숟가락 떠먹이는 것처럼 소야를 대했다.

머리 좋은 민호는 어느 새 수화를 배워 소야와 막힘없이 대화를 나누었고, 민주와 엄마도 가벼운 농담 정도는 나눌 수 있을 정도로 발전했다. 닮은 데라곤 하나도 없는 소야를 값비싼 보석 다루듯 하는 가족을 보고 민희는 이를 악물었다.

민희는 전보다 더 일찍 가방을 들고 집을 나섰으며, 점심때가 훨씬 지나서야 집으로 돌아왔다. 민희를 기다리다 지친 소야는 제

손으로 점심을 차려 먹고 설거지까지 한 다음 골목 끝에서 민희를 기다렸다. 그러든 말든 민희는 반가워하지도 귀찮아하지도 않았다.

그즈음 민희는 농땡이들의 막내로 자리를 잡아가고 있었다. 몸이 뒤틀리는 과외 공부가 끝나면 곧바로 신읍교 밑으로 달려갔다. 그 곳에는 벌써 형들-농땡이들이 그렇게 부르라고 했다-이 진을 치고 있었다. 돗자리 위에는 농땡이들이 등교하는 학생들에게 빼앗은 도시락이 언제나 여러 개 놓여 있었다. 도시락은 먹을 만했다. 좀 산다 하는 집안의 아이들 도시락이라 그런지 맛있는 반찬이 많았다.

농땡이 형들과 먹는 점심이 집에서 소야와 단둘이 먹는 것보다 훨씬 신나고 재미났다. 허기를 참으며 학교에서 공부를 하고 있을 도시락 임자들이 가엾다는 생각은 눈곱만큼도 들지 않았다.

민희는 농땡이들이 지나가는 학생들에게 빼앗은 돈으로 사 주는 과자를 양심의 가책도 느끼지 않고 받아먹었으며 그들의 어떤 심부름도 마다하지 않았다.

시간이 갈수록 농땡이들이 벌이는 싸움이 재미있었으며 '학생 입장 불가'라는 글을 비웃듯 영화관에 들어가 영화를 보는 재미 또한 쏠쏠했다. 자신도 모르는 사이에 민희는 농땡이의 일원이 되어 가고 있었다.

이건 어쩌면 소야 때문인지도 모른다. 소야만 민희네 집에 오지 않았어도 민희는 우수리라는 낱말을 머릿속에서 조금씩 지워 갔을지도 모를 일이다. 하지만 소야가 가족의 사랑을 받기 시작하면서부터 민희는 소야가 자신의 자리를 빼앗아 가는 느낌이 들었다. 속담에도 '굴러온 돌이 박힌 돌 뺀다' 하지 않았는가. 민희는 스스로 가족으로부터 떨어져 나와 버렸다.

그 날은 아침부터 기분이 좋지 않았다. 엄마의 잔소리 때문이었다. 전날 엄마는 김 선생에게 불려가 민희의 성적에 대한 이야기를 듣고 왔다. 엄마는 민희가 엉덩이에 뿔 난 송아지 같다며 잔소리를 늘어놓았다.

"넌 중학교에 갈 거니, 아님 공장에 취직을 할 거니? 너한테 드는 돈으로 진작 민호 수술이나 시킬걸……."

아무리 기분이 좋을 때라도 이 말을 생각하면 언제나 우울해지곤 했다.

민희는 엄마가 야속하기만 했다. 누군들 공부 잘 하고 싶은 생각이 왜 없겠는가. 김 선생 앞에서 책을 펴기만 하면 그때부터 머리가 지끈지끈 아프고 발가락이 꼼지락거리는 걸 어떻게 엄마에게 설명할 것인가. 수학 문제를 제대로 풀지 못하면 김 선생은 민희가 이해력과 기억력이 부족하다느니, 지능 지수가 의심된다느니 하는 말을 서슴없이 해댔다. 더 심한 날은 시뻘건 얼굴로,

"이딴 일 그만두고 시집이나 확 가 버릴까보다!"
하며 책을 휙 집어던지기도 했다. 이런 날은 가슴이 갈기갈기 찢어지는 아픔을 맛보아야 했다.

엄마는 김 선생이 공부를 얼마나 어렵게 가르치는지를 모르고 있었다. 어느 날 동시 공부를 했다. 동시는 '서로 도와 살아가자'는 중심 생각을 가지고 있었는데 느닷없이 김 선생이 오마르카이암이라는 시인이 쓴 '루바이아트' 시를 낭송하기 시작했다. 읽기도 어려운 시인 이름과 제목이었다.

김 선생이 이해하기도 힘든 긴 시를 낭송하는 동안 마땅히 할 일이 없어서 칠판에 써 놓은 시인과 제목을 열 번이나 보고 쓴 덕택에 겨우 외울 수 있었다. 그러느라고 삼십 분이 그냥 지나가 버렸다.

김 선생에게 배운 아이들의 입학 성적이 좋은 건 순전히 아이들 스스로 깨친 결과지 선생이 잘 가르쳐서가 아니라는 걸 엄마는 모르고 있었다.

그날도 지겨운 공부가 끝나자 민희는 신음교 밑으로 발길을 옮겼다. 농땡이들이 학생들을 괴롭힌 이야기를 들으며 깔깔거리거나 목청껏 유행가를 부르거나 치마를 걷어 올리고 냇물에 들어가 송사리 떼를 쫓아다니는 재미가 민희를 그 곳으로 유혹했다.

그런데 다리 밑이 텅 비어 있었다. 아마 농땡이들이 원정을 나간 모양이었다. 원정이라는 말이 무엇을 뜻하는지 처음에는 몰랐지만 신음교 밑을 떠나 다른 곳으로 갈 때면 농땡이들은 '원정 간다'고 했다. 할 수 없이 발길을 집 쪽으로 돌렸다.

집에 가면 소야와 늦은 점심을 먹어야 했다. 문득 말도 안 통하는 소야와 단둘이 집에 있기보다 호숫가에서 혼자 시간을 보내는 편이 훨씬 낫다는 생각이 들었다.

큰길에서 오른쪽으로 돌아 호수로 향하는 오솔길로 접어들었다. 따가운 햇살이 등에 내리쬐어 다른 생각을 못 하게 만들 정도로 무더웠지만 오히려 기분은 좋았다. 하늘은 구름 한 점 없이 맑았다. 민희는 하늘을 닮은 호숫가에 쪼그리고 앉아 물을 튀기며 시간을 보내다 오후 늦게야 집으로 돌아왔다.

대문 앞까지 왔을 때 웃음소리가 왁자하게 들려왔다. 식구들이 빙 둘러앉아 찐 감자를 먹고 있었다.

"왜 이제 와? 얼마나 기다렸는데."

민주가 얼른 자리를 내주며 말했다. 엄마가 다른 날보다 일찍 퇴근해서 놀랐지만 민희를 더욱 놀라게 한 건 빠로가 즐거운 얼굴로 소야 옆에 앉아 있는 모습이었다. 민희는 슬그머니 엄마 옆에 앉았다.

민희가 없는 동안 어떤 문제를 상당히 이야기한 모양이었다. 민희는 젓가락으로 감자를 쿡 찍어 입에 넣으며 주고받는 대화에 신경을 곤두세웠다.

소야가 구미에 있는 장애인 중학교에 9월에 간단다. 등교 시간이 늦고 하교 시간이 빨라 버스나 기차로 통학해도 문제가 없다고 민호가 말했다.

"민호는 공부 때문에 안 되고 민주 니가 소야 공부를 좀 봐 주렴."

엄마가 말했다.

"민주보다는 내가 낫지요. 소야 가르칠 시간 있어요."

민호의 말을 엄마는 침묵으로 거절했다. 결국 민주가 소야 공부를 맡아서 가르치기로 했다.

"성경 공부라면 나도 자신이 있는데."

빠로 말에 모두 큰 소리로 웃었다.

"잘 됐다. 소야 혼자 집에 있어서 얼마나 무료할까 걱정했는데, 정말 잘 됐다."

진심으로 딸을 걱정하는 엄마처럼 엄마가 말했다.

'누가 진짜 딸인 줄 모르겠네!'

민희 낯빛이 달라졌다. 엄마는 하숙비를 받는 책임감 때문에 위로하느라 그랬는지 모르지만 동생은 어떻게 공부하는지 눈곱만큼도 관심이 없으면서 소야를 가르쳐 주겠다고 나서는 민호와 민주도 미웠다. 자신의 말이라면 하인처럼 잘 듣던 빠로도 미웠다. 집안 식구는 물론 빠로까지 소야를 공주 대하듯했다. 치밀어 오르는 질투로 입에서 씩씩거리는 소리가 나오려고 했다. 하지만 민희는 솟아오르는 질투의 감정을 지그시 누른 채 눈도 깜박이지 않고 뚫어지게 소야를 바라보았다. 소야가 입술에 웃음을 담고 민희를 마주 바라보다 슬그머니 고개를 아래로 떨어뜨렸다.

"엄마, 오빠 수술 언제 해? 이 달에 한다면서······."

말머리를 돌린 건 민희였다.

엄마가 민호한테 눈길을 보내며 말했다.

"올해는 꼭 해야 하는데······."

"오빠 고3이잖아!"

민주가 깜짝 놀란 얼굴로 반문했다.

"고3이 대수야, 수술이 더 중요하지!"

엄마가 짧게 한숨을 쉬었다. 갑자기 분위기가 어두워졌다. 이런 일은 흔히 있었다. 가족이 둘러앉아 오순도순 이야기를 나누다가도 민호 이야기만 나오면 배가 바다 속으로 침몰하듯이 분위기가 착 가라앉곤 했다. 다들 민호 입술을 건드리지 않으려고 요리조리 다른 이야기로 피해 가려고 노력하지만 결국 이런 식으로 끝나는 경우가 자주 있었다.

민호 입술은 가족의 짐이었다. 민호는 자기 이야기만 나오면 자제심을 잃지 않으려고 어깨에 힘이 잔뜩 들어갔다. 하지만 얼굴은 평소와 다름없는 표정을 짓고 있었다.

그 동안 수많은 사람들의 눈초리와 수많은 아이들로부터 받은 멸시와 조롱이 민호를 강하게 만들었기 때문이다. 이런 이야기가 나오면 언제나 그렇듯 하나 둘 슬그머니 자리를 떴다. 엄마가 애처로운 눈길로 민호를 바라보고 있는데,

"등기요. 도장 가지고 나오세요!"

하는 귀에 익은 집배원 아저씨 목소리가 들려왔다.

"어이!"

소야가 쏜살같이 대문으로 달려 나갔다. 맨발이었다.

"소야 엄마한테서 온 걸 거예요."

민호 말처럼 소야 손에는 편지 봉투가 쥐어져 있었다. 소야가 마루 끝에 앉더니 마치 보물 상자 뚜껑을 열 듯 편지 봉투를 열고 편지를 꺼냈다.

다른 사람들은 기쁜 얼굴로 편지를 읽어 내려가는 소야를 말없이 바라보고만 있었다.

이윽고 편지를 다 읽은 소야가 엄마를 바라보며 수화를 했다.

"엄마는 힘들지만 서울 생활이 재밌나 봐요. 엄마가 입학할 때 쓰라며 돈을 꽤 보냈어요. 가지고 있으면 쓰신다고요. 이 돈 어떡하죠? 제가 가지고 있기엔 너무 많은 돈이에요."

소야가 전신환을 엄마한테 내밀었다.

엄마는 선뜻 이해가 가지 않는 모양이었다. 민희가 소야가 말한 내용을 말해주려고 하는데 빠로가 먼저 입을 열었다. 세상에! 민희는 놀란 입을 다물지 못했다. 빠로는 소야와 같이 생활하는 민희보다 더 정확하게 소야의 말을 엄마에게 전했다.

민희가 한마디 했다.

"빠로야, 너 수화 잘 한다!"

"소야한테 배웠어. 생각보다 쉬웠어."

빠로가 민희보다 더 수화를 잘하는 이유는 민희가 없는 동안 빠로와 소야가 자주 어울렸다는 증거다. 어쩌면 빠로와 소야는 농땡이 정숙이 형과 기태 형처럼 옆에 바짝 붙어 앉아 귓불 가까이 얼굴을 대고 수화를 가르치고 배웠을지도 모르는 일이다. 이다음에 어른이 되면 민희와 결혼하겠다던 빠로가. 빠로는 잊어버렸는지 모르겠지만 민희는 그 말을 또렷이 기억하고 있었다.

초등학교 1학년 어느 미술 시간이었다. 그날은 색종이와 종이상자로 각자 만들고 싶은 물건을 만들고 있었다.

민희는 자신이 뭘 만들었는지 잊어버렸지만 빠로가 만든 물건은 6년이 지난 지금도 똑똑히 기억하고 있다. 빠로는 가마를 만들었다. 새색시가 시집갈 때 타고 가는 바로 그 꽃가마. 꽃가마는 무지개 빛깔로 치장을 하고 작고 예쁜 꽃도 붙였는데 입이 벌어질 정도로 멋있었다.

선생이 물었다.

"빠로는 누굴 태우려고 이렇게 예쁜 꽃가마를 만들었을까?"

"민희요!"

"민희?"

"예, 나는요. 민희랑 결혼할 거예요. 양심이에요!"

아이들이 우헤헤헤 웃고 선생도 하하 웃었다. 민희는 귓불까지 빨개져서 아무 말도 못 들은 척 만들기에 정신을 쏟고 있는 척했다. 빠로는 더 의기양양했다. 상관하지 않았다. 꽃가마를 높이 들고 민희를 보고 말했다.

"민희야, 멋지지?"

민희는 꽃가마가 아니라 빠로가 더 멋져 보였다. 아이들의 놀림에 당당히 맞서는 용기가 얼마나 멋있었는지 공부가 끝날 때까지 아무도 눈치채지 못하게 빠로를 훔쳐보았다.

'민희랑 결혼할 거예요. 양심이에요!'

그 순간, 민희는 자신도 모르게 빠로의 색시가 되기로 마음을 정했다. 그래서 빠로는 언제나 자기편이라고 생각했다. 그런 빠로가 소야와 더 친하게 지내다니.

"아줌마, 소야가요. 엄마가 보낸 돈을 아줌마께 맡기고 싶대요. 맡아 계시다가 학교 갈 때 주시래요."

빠로가 소야의 뜻을 전했다. 엄마의 표정이 환해졌다.

그즈음 소야는 책 읽는 재미에 푹 빠져 있었다. 책 심부름꾼은 빠로였다. 빠로 학교 도서실은 책이 많아서 읽고 싶은 책은 얼마든지 빌려 볼 수 있었다. 하루는 민희가 소야에게 책을 빌려 주고 가는 빠로를 불러 세우고 물었다.

"넌 왜 소야한테만 책을 빌려다 주니?"

"넌 책 좋아하지 않잖아."

"아니야. 나 좋아해."

"그럼 너한테도 빌려다 줄게. 읽고 싶은 책 말해!"

이건 민희가 바라는 대답이 아니었다. 적어도 빠로는

"알았어. 이제부터 너한테만 빌려다 줄게."

하고 말했어야 했다.

'바보!'

민희는 빠로가 골목으로 나서자마자 소리 나게 대문을 닫아 버렸다.

소야는 손에서 책을 놓지 않았다. 덕분에 민희도 『빨간 머리 앤』, 『제인 에어』, 『키다리 아저씨』 같은 명작을 읽을 수 있었다. 하지만 책을 읽는 목적은 너무나 달랐다. 소야는 책이 좋아서 읽고 민희는 소야에게 지기 싫어서 읽었다.

어떤 목적으로 읽었든 책에서 받은 감동은 비슷했다. 어느 초저녁 여름, 『제인 에어』를 읽은 후 소야와 민희는 호숫가를 산책

했다.

"난 제인 에어가 평생 혼자 살 줄 알았는데 결혼해서 참 좋아."

민희가 말했다.

"나도 그래. 제인 에어 때문에 로체스터가 시력을 회복했잖아? 사랑의 힘이 그렇게 강한가 봐. 나도 나중에 말을 할 수 있을까? 로체스터 같은 좋은 사람을 만나면 말이야."

민희는 속으로 웃었다. 아주 가끔 장님들이 다른 사람의 안구를 기증받아 시력을 회복했다는 말을 들어 보긴 했다. 심청이 아버지처럼 기가 막히게 놀랄 일이 일어나면 자기도 모르는 사이에 번쩍 눈이 떠질지도 모른다. 그러나 벙어리는 다르다. 지금까지 말 한마디 못 하다가 갑자기 말을 할 수는 없을 것이다. 기적이 일어나면 또 모를까.

'그런 일은 절대 일어날 수 없어. 두고 봐!'

민호만 없다면 입바른 민희가 소야의 마음에 침을 뱉듯이 이 말을 했을지도 모른다. 사실 이 말이 하고 싶어 입이 간질거렸다. 하지만 민호의 얼굴이 잠깐 어른거려 꿀꺽 삼켜 버리고 말았다.

늪에 빠진 민희

민호가 수술을 받기 위해 엄마와 함께 큰 병원이 있는 대구로 갔다. 얼마 전까지만 해도 돈이 모자라 큰 걱정을 하던 엄마였다. 갑자기 돈이 어디서 생겼는지 모르겠지만, 그건 민희가 걱정할 일이 아니었다. 민희의 걱정은 민호의 갈라진 입술이 표나지 않게 붙는 일이었다. 그건 민주도 마찬가지였다. 민주는 엄마와 민호가 떠난 그 시각부터 내내,

"수술이 잘 됐으면 좋겠다. 그치?"

하는 말을 계속해댔다. 그러면 소야는,

"잘 될 거야, 언니. 우리가 모두 오빠를 위해 기도하니까! 그리고 우린 오빠를 사랑하잖아!"

민주의 마음을 달래주었다.

'우리 모두 오빠를 위해 기도하니까! 그리고 우린 오빠를 사랑하잖아!'

민희는 속으로 소야와 똑같이 말해 보았다. 조금 간지러운 느낌이 들었다. 누가 민희에게 이 말을 소리 내어 해 보라고 했다면 쑥스러워 고개를 흔들고 말았을 것이다. 그런데 소야의 수화는 간지럽고 쑥스럽기는커녕 엄숙하기까지 했다.

특히 '사랑'이라는 말을 수화로 표현할 때 소야의 얼굴은 빛이 났고 입술 옆 작은 보조개가 살짝 패었다. 민희는 소야의 그런 모습을 보자 배알이 틀려 민호의 수술 따위는 금방 머릿속에서 지워지고 말았다.

민주가 말했다.

"오늘은 오빠가 수술하는 날이니까 오늘 하루만이라도 우리 경건한 마음으로 지내자."

민희는 민주의 말이 채 끝나기도 전에 바람처럼 일어나 가방을 들고 소꾸미로 향했다.

이제 민희는 소란스러운 시내보다 조용한 호수를 빙 둘러싸고 있는 한적한 길이 더 좋았다. 시내는 민희의 마음을 우울하게 만드는 광경이 너무나 많았기 때문이다. 엄마를 아무리 졸라도 살 수 없는 쇼윈도의 예쁜 옷, 앙증맞은 손목시계, 음질이 좋은 빨간색 라디오와 노란 자전거. 이보다 더 마음을 아프게 하는 건 교복을 입고 재잘거리며 걸어가는 친구들의 모습이었다.

하지만 호수는 언제나 민희의 마음을 즐겁게 해 주었다. 호숫가로 줄지어 선 늙은 벚나무와 수양버들, 그 아래로 그늘을 좋아하는 이름 모를 풀과 작은 들꽃, 제멋대로 뻗어 나가는 줄기를 따라 줄줄이 핀 장미꽃과 보라색 나팔꽃, 진한 향기로 벌을 유혹하는 찔레꽃 등이 계절 따라 호수를 장식하였기 때문이다.

메마른 모래 구덩이에서 고개를 내미는 개미귀신, 화려한 등딱지를 뽐내는 무당벌레도 민희의 관심을 잡으려고 애를 썼다. 민희는 호수 길을 걷는 순간만은 이 세상에서 가장 행복했다.

신음교 위에 막 올라서는 순간 농땡이들이 민희를 유혹했다.

"공부 마치고 올게."

"야, 오늘 같은 날 공부를 왜 하냐? 하느님이 마음껏 즐기라고 이런 날씨를 주신 거야. 우리 봐. 학교 안 갔잖아."

농땡이 형이 콧소리로 말했다. 그렇다, 엄마도 없는 날이다. 바람에 흔들리는 수양버들처럼 민희의 마음이 춤을 췄다. 민희는 하루만 과외에 빠지기로 했다.

농땡이 형들이 놀라운 소식을 전해 주었다. 서커스단이 들어왔다는 것이다. 이 소식은 민희를 흥분시키기에 충분했다. 민희는 서커스 구경을 딱 한 번 했다. 아버지가 살아 계실 때였다. 하루는 아버지가 느닷없이 서커스 구경을 가자고 했다. 얼룩덜룩한 옷을 입고 코가 빨간 삐에로가 시내를 스무 번도 더 돌며 선전했기 때문에 민희도 호기심으로 잔뜩 마음이 부풀어있었다. 하지만 엄마는 입장료가 너무 비싸다며 고개를 돌려 버렸고 사람이 많은 곳에는 절대 가지 않는 민호는 자연스럽게 빠져 버렸다. 그래서 아버지와 민주 그리고 민희만 가게 되었다.

서커스 구경을 하고 온 후 민희는 잠을 이루지 못할 정도로 흥

분해 있었다. 그림으로만 보던 원숭이의 재주는 입을 다물 줄 모르게 했고, 입속에 작은 횃불을 넣었다 빼는 아저씨의 기막힌 기술은 연신 탄성을 지르게 했으며 작고 가냘픈 여자아이의 줄타기 묘기는 손에 땀을 쥐게 했다.

"우리 서커스 구경 가는데 너도 갈래?"

영덕이가 껌을 질겅거리며 물었다. 민희는 숨도 쉬지 않고 대답했다.

"물론!"

"근데 말야!"

영덕이는 언제나 다음 말에 뜸을 들여 듣는 사람을 감질나게 만든다.

민희는 눈을 떼지 않은 채 영덕의 말을 기다렸다.

"문제는 우리가 돈이 없다는 말씀!"

순간 맥이 탁 풀렸다.

"그래서 말인데……."

영덕이는 이래서 싫었다. 길 가던 학생들에게 돈을 빼앗을 때도 그랬다. 영덕이가 먼저 말을 걸고 나서 한참 동안 뜸을 들이면 상대방은 지레 겁을 먹곤 했다.

"민희 니가 말이야……, 표 살 돈 마련해 오먼 이띨까?"

'말도 안 돼!'

민희는 속으로 말했다.

"아직 넌 우리한테 신고도 안 했잖아."

"신고? 그게 뭔데?"

민희가 올빼미처럼 눈을 크게 뜨고 물었다.

"말하자면 이런 거야."

영덕이는 평소와 다르게 사랑하는 동생에게 좋은 말을 해 주는 오빠처럼 입가에 웃음을 지으며 말을 이어나갔다.

"우린 역사가 아주 길어. 우리 형들의 형, 또 그 위의 형들 때 결성한 단체야. 시내에 나가서 누구라도 붙잡고 물어봐. 아파치라는 클럽을 아느냐고. 아마 이름만 듣고도 몸을 부르르 떨 거야. 그리고 아무나 우리 아파치 클럽에 못 들어와. 아무리 들어오고 싶어 해도 우리가 '노!' 하거든. 민희 니가 우리 아파치 클럽에 들어왔다, 이거 대단한 일이라고 할 수 있어. 그러니까 니가 당연히 나를 포함한 형들에게 보답해야 하고."

말의 속도가 빨라졌다.

"그래서 아파치 클럽 회원이 된 기념으로 서커스 입장료를 니가 마련했으면 하는 거야. 어때? 내 말 이해가 가니?"

"아파치 클럽에 들어오면 누구나 돈을 내야 하는 거야?"

"당연."

"형도 냈어?"

"물론."

"형, 나 돈 없어. 우리 모두 서커스 구경 가려면 돈이 얼마나 많이 드는데, 내가 그런 돈이 어딨어?"

민희가 항의하듯 말했다.

"야, 골치 아프네. 말이 안 통하네."

영덕이가 주먹으로 다리 기둥을 치며 말했다. 그러자 속눈썹이 긴 영미가 민희 옆에 앉으며 진지한 얼굴로 말했다.

"다른 거로 우리 은혜에 보답할 수도 있어. 예를 들면, 지나가는 아이들의 도시락이나 돈을 빼앗는다거나 싸움을 한다든가……."

"난 그런 거 못 해!"

민희가 간신히 대답했다.

"그러면 서커스 표 사. 그게 훨씬 쉽잖아. 참 돈이 없다고 했지? 야야, 그럴 땐 엄마 지갑에서 슬쩍 뚬치는 거야."

"뚬쳐? 그게 뭔데?"

"훔친다는 말을 우리 아파치식으로 표현한 거야!"

엄마 지갑에서 돈을 훔친다? 잘못 듣지 않았을까? 민희는 지금까지 한 번도 들어 본 적 없는 말에 너무나 놀라 머리가 어지러웠다. 교복 치미 안쪽에 달린 주머니에서 담뱃갑을 꺼낸 영미가 불을 붙이러 영덕이 쪽으로 갔다. 그 사이에 민희는 자리에서 일어났다.

"일 주일 동안 잘 생각해 봐. 월요일 저녁 일곱시 문화원 뒤. 알지?"

영덕이가 얼굴을 쳐들고 담배 연기를 뿜어냈다. 민희는 아무 대꾸도 하지 않고 울퉁불퉁한 길을 택해 신음교를 벗어났다.

북쪽 산허리에 구름이 솜사탕처럼 피어오르고 있었다. 햇빛을 온몸으로 받고 있는 수양버들이 더위에 지쳐 축 늘어졌으며 재잘대던 새들도 어디서 더위를 피하고 있는지 사방은 조용하기만 했다.

처음 지갑에서 돈을 훔쳐 오라는 농땡이들의 말을 들었을 때, 그런 나쁜 짓을 할 바에는 죽는 게 낫다고 생각했다. 하지만 시간이 지날수록 그런 마음은 사라지고 있었다.

민희가 서커스 구경을 시켜 달라고 아무리 떼를 써도 돈을 줄 엄마가 아니었다. 엄마를 믿고 있다간 서커스 구경은 평생 하지 못할 것이다. 그럴 바에는 훔쳐서라도 가야 한다. 재수가 없어 들키는 날에는 지은 죄를 털어놓고 매를 맞아야 한다. 여기까지 생각했을 때 엄마의 건망증 생각이 났다. 엄마는 건망증 환자다. 장롱 열쇠를 어디다 두었는지 모르는 때가 다반사고 심지어 어제 한 일도 기억하지 못할 때가 있다. 엄마는 분명히 지갑에 돈이 얼마나 들어 있는지도 모를 것이 뻔하다는 결론에 이르렀다.

'그래, 한 번만 뚫치자!'

마음을 정하고 나니 홀가분했다.

민주, 소야와 함께 이른 저녁을 먹었다. 민주는 설거지가 끝나자마자 책상 앞에 앉아 공부할 자세를 취했다. 엄마와 민호가 없어서 그런지 집안이 허전했다. 그래서 소야와 감천 냇가 둑으로 나왔다.

뜨거운 해님이 서산에 올라앉아 느릿느릿 집으로 돌아갈 준비를 하고 있었다. 두 소녀는 둑길을 천천히 걸었다. 땅은 낮에 받은 열을 내뿜느라 한창이었고 벼들의 싱싱한 잎은 더욱 푸르렀다. 민희는 마음을 정했음에도 불구하고 서커스 입장료 생각이 불쑥불쑥 떠올라 마음이 무거웠다.

"쥐가 물었을 때 '천 석!' 하고 소리치면 이다음에 부자가 된대."

들쥐 때문에 깜짝 놀랐을 때 소야가 말했다.

"정말?"

"정말이야. 우리 엄마가 그랬어."

소야 엄마 친구는 진짜 쥐에게 물렸단다. 그때 '천 석!' 하고 소리쳤더니 그 후로 돈이 얼마나 잘 벌리는지 서울에서 부자가 됐단다.

"집에 가자."

민희가 소야 팔을 잡아끌었다. 민희는 부자가 된다면 무엇이나 할 준비가 되어 있었다. 쥐가 물었을 때 '천 석!' 하고 소리치는 일은 식은 죽 먹기보다 쉽다.

그땐 어느 집이나 쥐가 많았다. 민희네 집도 예외는 아니었다. 녀석들은 밤마다 예사로 천장에서 달리기를 했고 음식을 훔쳐 먹기 위해 부엌을 들락거렸으며 마루 밑 깊숙한 곳에 보금자리도 있었다. 천 석보다는 만 석 하는 집이 더 부자다. 쥐가 물었을 때 '천 석!' 하고 소리치는 것보다 '만 석!' 하고 소리치는 것이 열 배나 낫다. 민희의 마음이 바빠졌다.

대문 앞에서 옆구리에 책을 낀 빠로와 만났다. 소야와 빠로가 마루에 앉아 있는 걸 보고 민희는 컴컴한 부엌 한가운데 우뚝 섰다. 그러고 꼼짝 않고 어서 쥐가 물어 주기를 기다렸다. '만 석!' 하고 외칠 준비를 단단히 하고. 하지만 그 날, 쥐들은 꼼짝하지 않았다. 꼬박 사흘 동안 민희는 밤만 되면 부엌으로 나가 쥐가 물어 주길 기다렸다. 하지만 녀석들은 찍찍거리며 민희 옆을 후다닥 지나다니기만 할 뿐 민희를 물 생각은 조금도 없는 듯했다.

나흘째, 바라던 일이 일어났다. 드디어 쥐가 민희의 발을 살짝 물었다. 민희는 힘껏 소리쳤다.

"아야! 천 석! 아아니 만 석!"

기가 막힐 노릇이었다. '만 석!' 하고 소리칠 연습을 얼마나 많이 했는데 '아야!' 소리가 먼저 나온단 말인가. 부자가 될 희망이 순식간에 물거품이 되어버렸다.

민희 말을 들은 민주가 한심하다는 듯 빤히 쳐다보며 말했다.

"아까운 시간 자알 보낸다!"

병원에 간 엄마가 민호와 함께 집으로 돌아왔다.

수술이 잘 된 민호 입술을 보고 민주는 눈물을 글썽거렸으며, 소야는 민호에게서 눈을 떼지 않았고, 민희는 쉬지 않고 축하의 말을 보냈다. 그들은 마루에 앉아 행복에 들떠 밤늦게까지 이야기 꽃을 피웠다. 밤 10시가 가까워질 무렵 민희가 엄마에게 안방에서 자도 되느냐고 물었고, 엄마는 허락했다.

새벽녘이었다. 목이 말라 자리에서 일어난 민희의 눈에 화장대 위에 놓여 있는 엄마 지갑이 눈에 들어왔다. 엄마는 곤히 자고 있었다. 민희는 무릎으로 걸어가 지갑을 열었다. 뺨이 달아오르고 가슴이 방망이질 쳤다. 하지만 엄마 지갑에는 서커스 입장료를 낼 만한 돈이 들어 있지 않았다.

'서커스 구경 가긴 다 틀렸다!'

민희는 작은 한숨을 토해내며 소야가 자는 문간방으로 가기 위해 안방을 나왔다. 보름달이 대낮처럼 밝았다.

방으로 들어갔다. 소야의 고른 숨소리가 들렸다. 책상 위에 뭔가 놓여 있었다. 눈에 익은 소야의 빨간 지갑이었다. 소리 나지 않게 지갑을 열었다. 손이 떨렸다. 소야를 힐끔 쳐다보았다. 소야가 시커멓게 크게 보였다. 하지만 소야는 깊은 잠에 빠져 있었다.

지갑 속에는 민희가 바라던 돈이 들어 있었다. 재빠르게 필요한 만큼의 돈을 꺼낸 다음 원래대로 놓고 안방으로 돌아와 자리에 누웠다. 그때야 가슴이 떨리기 시작했다.

'아무도 몰라! 안다 해도 소야가 누구한테 말하겠어? 벙어리 주제에……. 그리고 난 안방에서 자고 있었어.'

보름달이 유난히 밝은 밤, 민희는 태어나서 처음으로 도둑질을 했다.

민호가 던져 준 밧줄

서커스 구경을 갔다 온 후부터 민희가 달라지기 시작했다. 서커스는 민희의 어린 가슴에 반짝이는 촛불 하나를 켜 주었다. 천막이 떠나갈 정도로 요란한 박수와 '삐이익 삐익' 휘파람 소리를 생각하면 가슴이 벅차올랐다. 세상에 공부보다 더 재미있는 일이 얼마나 많은지. 이 짜릿짜릿한 사실을 집안 식구 누구와도 같이 나눌 수 없다는 사실이 안타까웠다.

정말 이야기해 주고 싶은 사람은 빠로였지만 그나마도 할 수 없었다. 그래서 서커스 구경은 아파치 클럽에 들어간 일과 함께 중요한 비밀이 되고 말았다.

　　민희와 달리 소야는 무척 우울하게 하루하루를 보내고 있었다.

　"어디 아프니?"

　　민호와 민주가 번갈아 가며 이유를 물었지만 살짝 웃는 것이 대답이었다. 민희는 알고 있었다. 소야의 고민은 빨간 지갑 속에서 귀신도 모르게 사라진 돈의 행방이었다. '그 돈 내가 가져갔어!' 하고 잘못을 고백할 생각은 전혀 없었으므로 민희는 소야를 무시해 버렸다.

　　신음교 밑이 후끈 달아올랐다. 농땡이들이 패싸움을 벌인단다.

　"왜 싸우는데?"

　　민희는 궁금증을 참을 수 없었다. 시내에는 아파치 클럽 외에 또 다른 농땡이 클럽이 있는데 말만 들어도 으스스한 '쌍칼 클럽'이다. 쌍칼 클럽과 한 판 붙는단다.

　"그 형들 정말 쌍칼 가지고 다녀?"

　　놀란 민희 목소리와는 달리 영미가 대수롭지 않다는 듯이 대답했다.

　"이름만 거창해. 새 빌의 피 같은 짜식들이 아파치를 몰라보고 덤빈단 말야!"

"근데 왜 싸워?"

아무래도 의문이 풀리지 않았다.

"우리 아파치 지역을 침범하니까."

"아파치 지역이 어딘데?"

"어디긴 어디야. 신음동이랑 황금동이지!"

"그럼 쌍칼 지역은 어디야?"

"부곡동! 그런데 왜 자꾸 귀찮게 묻냐?"

영미는 묻는 말에 시원하게 대답은 해 주지 않고 버럭 소리를 질렀다. 아무리 물어봤자 그 이상 말해 줄 영미가 아니었다. 다른 농땡이들도 마찬가지였다.

농땡이들은 무슨 일을 하든지 정확한 이유를 들어 말하지 않았다. 궁금해서 물어보면 '재미있으니까!'가 이유의 전부였다. 그래서 재미로 쌍칼 클럽과 싸움을 하나보다고 스스로 결론을 내렸다. 하지만 어쩐지 민희도 그 재미를 느껴 보고 싶었다.

"두 눈으로 직접 봐야지. 어떻게 싸우나!"

민희는 밤이 될 때까지 농땡이들과 같이 있다가 껌을 우물우물 씹으며 감천 냇가 모래밭으로 나갔다. 아파치 클럽의 상징인 하얀 운동화를 신고.

쌍칼 클럽 농땡이들도 아파치 클럽 농땡이들 못지않게 복장이 불량스럽긴 마찬가지였다. 마주보고 선 농땡이들의 험악한 인상에 공포감이 밀려왔다. 무릎이 덜덜 떨리고 가슴은 쿵쾅거렸다. 집으로 돌아가고 싶었지만 발걸음이 떼어지지 않았다. 두 농땡이 클럽 형들은

"야, 짜식들아, 한번 맛 좀 볼래!"

"어쭈. 우리 맛 좀 봐라!"

그 말뿐이었다. 그러고 싸웠다. 치고받고 비명을 지르며 엉겨붙었었다. 민희는 모랫바닥에 쪼그리고 앉아 두 손으로 귀를 막고 두 무릎 사이로 얼굴을 묻었다. 만약 여기서 죽는다 해도 그것은 운명이라 생각하기로 했다.

얼마나 지났을까. 영미가 가자며 팔을 끌었다. 자리에서 일어서면서 주위를 둘러보았다. 쌍칼 클럽 농땡이들이 보이지 않았다.

"상대도 안 되는 짜식들이 까불어, 까불긴."

영덕이 목소리에 싱싱한 갈치 비늘이 번득였다. 농땡이들이 낄낄거리며 술을 마시고 담배를 피우는 동안 민희는 오래도록 시나브로 어둠이 내리는 감천 냇가를 바라보며 앉아 있었다.

며칠 후, 아침 식사 때 시내 농땡이들의 이야기가 화제에 올랐다. 민주와 민호, 엄마까지도 감천 냇가에서 일어난 일을 알고 있었다. 아파치 클럽 농땡이들은 유관순 언니만큼 모르는 사람이 없을 정도로 유명했다.

"인간쓰레기들의 이야기를 왜 거룩한 밥상에서 해? 아침부터."

민주가 젓가락으로 김치를 거칠게 집으며 말했다.

'인간쓰레기라니! 어떻게 그런 심한 말을 할 수 있지?'

민희는 속으로 중얼거렸다.

집을 나서서 소꾸미로 향했다. 인간쓰레기라는 말이 자꾸 머리에 떠올랐다. 만약 민희가 아파치 클럽의 일원임을 민주가 안다면? 그건 상상하기도 싫었다.

그렇다고 아파치 클럽에서 손을 떼기도 싫었다. 농땡이들은 아무도 민희를 우수리로 여기지 않았고, 공부 이야기로 머리를 아프게 하지 않았으며, 매일 새로운 사건으로 긴장과 재미를 주었고 맛있는 밥과 반찬 그리고 간식까지 먹게 해 주었다. 게다가 인생의 즐거움을 솔직하게 즐길 줄 아는 방법까지 가르쳐 주었다. 농땡이들과 같이 있노라면 공부와 시험 같은 것이 별로 중요하게 느껴지지 않았다.

'나도 인간쓰레기겠네. 흥, 마음대로 생각하라지.'

'인간쓰레기' 같은 말은 더 이상 생각하지 않기로 했다. 그리고 모범생인 민주가 아파치 클럽에 대해 세세히 알 리도 없었다. 그건 민호도 마찬가지라는 생각이 들자 마음이 새털처럼 가벼워져 콧노래까지 흘러나왔다.

그러나 너무나 자연스럽게 일이 터지고 말았다. 여느 날처럼 공부가 끝나고 신음교 밑으로 달려간 민희는 농땡이들과 어울려

시시덕거리고 있었다. 그때 민호가 빠로와 함께 신음교 밑으로 휘청휘청 걸어 내려왔다. 민희는 기절할 듯이 놀랐다. 민희는 자신도 모르게 영덕이 뒤로 몸을 숨겼다.

"야, 범생이가 여긴 어쩐 일이냐?"

아파치 대장이 눈을 아래위로 번득이며 말했다. 민호는 그 말에 대꾸도 하지 않고 민희를 불렀다.

"민희야, 집에 가자!"

민희는 영덕이 등 뒤에서 고개만 내밀었다. 민호가 다시 똑같이 말했지만 민희는 꼼짝하지 않았다.

"야, 좀 놀다 가게 놔둬!"

아파치 대장이 말했다. 그러자 민호가 너무나도 완벽하게 말했다.

"내 동생 민희는 아직 어린애야. 쟤 공부 해야 해. 입시가 얼마 안 남았어."

"그건 우리하고 상관없는 이야기고."

"상관없다니. 물론 상관이 없겠지. 니가 아파치 클럽의 우두머리지? 내 동생 민희가 너희와 어울리기엔 너무 어리다고 생각하지 않냐? 중학교도 안 갔어, 쟤는."

"그런 것까지 내가 생각해 줄 이유가 없지. 내 일도 머리가 아픈데."

"그러니까 집으로 데려가려는 거야. 민희 쟤는 혼자 스스로 잘 자라고 있어. 우리 집 형편이 그래. 잘 자라게 그냥 놔뒀으면 좋겠다. 친구로서 부탁이다."

아파치 대장은 눈썹을 치켜 올리고 아무 말 없이 민호의 말을 듣고 있었다. 민호 말은 간단했지만 동생을 진심으로 걱정하는 마음이 들어 있었다. '잘 자라게 그냥 놔뒀으면 좋겠다.' 하고 민호가 말했을 때 민희는 눈물이 찔끔 나오려고 했다.

만약 농땡이 기태 입에서 다음과 같은 말이 나오지 않았다면 아마도 민희는 민호를 따라 집으로 돌아가지 않았을 것이다. 아니 좀 더 분명히 말하자면 아파치 클럽의 중요한 일원이 되어 그 이름을 널리 떨쳤을지도 모른다.

기태가 비아냥거리듯 말했다.

"어쭈, 언청이가 찢어진 입으로 말 한 번 잘하네! 하긴 지금은 언청이가 아니지만. 말을 잘해서 붙었냐? 하긴 요즘 학교에서 말도 안 더듬긴 하지만."

그 말을 듣자마자 민희는 자기도 모르게 영덕이 뒤에서 총알같이 달려 나오며 대들었다.

"우리 오빠가 어쨌다고 그래?"

"갑자기 얘가 왜 이래? 아직 어리다고 가만 놔뒀더니 제멋대로 노네."

기태가 손을 번쩍 들었다. 그때 민호가 기태의 손목을 꽉 잡으며 짧게 말했다.

"힘은 함부로 쓰는 게 아니지!"

두 사람의 눈에 불꽃이 일었다. 만약 싸움이 일어난다면 민희는 돌멩이를 집어던질 참이었다. 그래서 가까이 있는 돌멩이 위치를 미리 봐 두었다. 빠로는 경찰서에 신고하기 위해 벌써 신음교 위로 올라가 동정을 살피고 있었다.

"기태야, 그만 하자!"

아파치 대장이 명령했다.

누가 먼저였는지 모르지만 두 사람은 잡은 손을 놓았다.

민호가 말했다.

"민희야, 가자!"

민희가 가방을 들고 결연히 일어났다.

'오빠를 놀리다니. 오빠를 놀리면 같이 안 놀아. 절대로!'

민호가 민희 손을 잡았다. 그러고 둘은 농땡이들에게 등을 보이고 걸어갔다. 농땡이들이 뒤에서 달려들까 봐 조금 겁이 났지만 어깨를 쫙 펴고 걷는 민호를 보니 겁나지 않았다. 그러나 아무런 일도 일어나지 않았다.

민호는 농땡이들만큼 힘이 세지 못하다. 그건 민희는 안다. 그런데 왜 농땡이들이 민호를 그냥 보내 주었을까? 조금만 기분이

상해도 주먹을 휘두르는 농땡이들이 아닌가.

그건 눈에 보이지 않는 강한 힘, 학생의 본분을 다하는 사람만이 가질 수 있는, 다시 말해서 정해진 규칙을 지키고 자기 할 일을 꿋꿋이 하는 사람만이 가질 수 있는 힘을 민호가 가지고 있었기 때문이 아닐까.

민호가 민희 손을 잡고 먼 길을 걸어 집으로 돌아온 것은 그때가 처음이었다. 손을 잡은 채 걸으니까 어색했다. 민호 손에서 자신의 손을 빼려 했다. 그러자 민호가 더욱 힘을 주며 말했다.

"학생이 여러 곳에 신경을 쓰면 공부를 한다 해도 실력이 쌓이지 않아. 항상 무슨 일을 하려고 할 때 먼저 곰곰이 생각해 봐. 이 일을 꼭 해야만 하는가, 어느 일을 먼저 해야 하는가, 내가 하려는 일이 올바른가?"

민희는 고개를 숙였다.

"그 애들과 가까워진 건 민희 니 탓만이 아니야. 우리 집이 가난하기 때문이고, 엄마가 낮에 집에 계시기 않기 때문이야. 이건 우리의 운명이니까 원망하면 안 돼. 우리 가족 모두 힘들어. 그 중에서 엄마가 제일 힘드셔. 엄마를 봐서라도 우린 열심히 살아야해. 그게 효도야. 니가 그런 아이들과 어울린 건 내 잘못도 있어. 내 공부하느라 너한테 관심을 쏟 여유가 없었으니까. 미안해. 하지만 니가 그 아이들이 하는 행동을 보고 나쁜 줄 알면서도 빠져 나오지 않은 건 순전히 니 탓이야."

민호의 말이 길게 이어졌다.

"지금 니 목표가 뭐니? 중학교 입학시험 붙는 거지? 목표를 이루려면 목표를 꼭 이루고 말겠다는 집착을 가져야 하고 실천해야 해. 그 생각 없이는 이루어지지 않아. 운명의 신은 자신의 목표를 분명히 정하고 노력하는 사람에게 밝은 빛을 비춰 줘. 그렇지 않은 사람은 어둠 속에 그냥 내버려 두는 경우가 많아. 스스로 자신의 행동을 성찰하고 바르게 돌아올 때까지. 지금 넌 어려서 내 말을 이해하지 못할 거야. 하지만 조금만 더 자라면 내가 왜 이런 말을 했는지 이해가 될 거야."

민희는 민호의 말을 한마디도 놓치지 않으려고 귀를 활짝 열었다.

민호가 이야기를 마쳤을 땐 민희의 뺨이 발그레했다. 민호의 한마디 한마디가 화살이 되어 민희의 마음을 아프게 했기 때문이다. 문득 소야의 돈을 훔친 사실을 고백하고 싶었다. 민호라면 그 어떤 고백이라도 넓은 마음으로 용서해 주리라는 믿음이 생겼기 때문이다. 하지만 뒤에 빠로가 따라오고 있었으므로 그 말을 꿀꺽 삼켜 버리고 말았다.

민희는 민호가 아주 특별한 사람이 되긴 바랐다. 모든 사람이 올려다보는 그런 특별한 사람.

"오늘부터 다시 시작한다는 마음으로 공부해, 알았어?"

민희가 고개를 끄덕였다.

"공부란 선생님이 알려 주는 것만 하는 게 아니야. 스스로 찾아서 하는 공부가 진짜야."

민호의 걸음이 빨라졌다. 민희는 민호와 걸음을 맞추려고 빨리 걸었다. 그것을 눈치챈 민호가 웃으며 말했다.

"일부러 애쓰지 마. 나하고 발을 맞추려면 아직 넌 더 커야 해!"

그 날 민희는 집으로 돌아오면서 무수히 고개를 내밀고 있는 마음속 가시들이 하나 둘 스러지는 것을 스스로 느낄 수 있었다.

민호는 아주 적절한 때 민희에게 구원의 밧줄을 던져 준 것이다. 그 밧줄이 없었다면 민희의 운명은 어떻게 되었을까? 그 답은 아무도 알 수 없지만 분명한 건 민호가 아주 적절한 때에 구원의 밧줄을 던져 주었고, 민희는 그걸 고맙게 잡았다는 사실이다.

민희는 후에 '아파치'의 뜻을 알고 더 민호에게 감사했다. 아파치는 인디언 말인데 원수나 적을 뜻한다. 이름에 걸맞게 아파치족은 언제나 용감하게 싸웠다고 한다.

그래도 미워

 9월에 장애인 학교에 입학한다는 소야의 계획이 무참히 깨지고 말았다. 그 계획이 깨진 이유는 소야에게 문제가 있어서가 아니라 바로 민희 엄마 때문이었다. 엄마는 소야 엄마가 미리 부쳐 준 돈-입학금과 약간의 여윳돈-으로 민호의 수술을 앞당겼다. 사실은 8월 말에 받을 돈이 있었는데 그 사람이 약속을 지키지 않아 소야의 입학금을 낼 수 없다는 엄청난 사실을 엄마가 고백했을 때 민호는 놀란 입을 다물지 못했고, 민희는 그럴 수 없다며 엄마를 원망했다. 하지만 민주는 엄마를 감쌌다.

 "그럴 수 있는 일이지, 뭐. 그때 오빠가 수술을 안 했어 봐. 우리 집 형편에 아마 올해도 못 할걸. 입장 바꿔 생각해 봐. 오빠가 그런 입으로 대학교 다니고 싶겠어?"

 "정말 잘하셨어요. 나는 내년에 학교 가도 돼요. 우리 엄마가 돈 또 부쳐줄 거예요."

 소야가 환하게 웃으며 말했다.

 "아이구, 소야 마음씨 좀 보래. 천사처럼 착하다. 니가 이해를 해 줘서 정말로 고맙다."

 엄마는 체면도 없이 말했다. 그러나 민희는 진심으로 소야에게 미안했다.

"나 때문에, 소야……."

민호가 고통스러운 얼굴을 아래로 숙이며 말끝을 잇지 못했다.

소야는 학교에 가지 못했다. 엄마는 일부러 그런 게 아니라며 미안해 하긴 했지만 며칠 지나니 그마저도 그만이었다. 하지만 정작 화를 내야 할 소야는 단 한마디의 원망도 하지 않았다. 소야는 자신에게 닥칠 불행을 벌써 알고 있었던 것처럼 담담하게 말했다.

"사람은 앞으로 일어날 일을 알지 못해. 그건 하느님만이 아셔."

소야는 어른이 되기 전에 이미 어른이 된 것 같은 다부진 아이였다. 그러면서도 딱히 하고 싶어 하는 일이나 이미 일어난 일에 대해서는 미련을 갖지 않는 아이였다. 아무튼 이 일이 민희와 소야 사이를 친하게 만드는 계기가 되었으니 그렇게 나쁜 일만도 아니라고 할 수 있었다.

9월부터 소야 엄마로부터 하숙비가 오지 않았다. 이상한 일이었다. 그와 함께 편지도 띄엄띄엄 오더니 결국 끊어지고 말았다. 소야의 얼굴빛이 점점 어두워져 갔다.

그 무렵 민희는 김 선생에게 더 이상 과외를 할 필요가 없다고 느꼈다. 엄마에게 몇 번이나 혼자 공부를 하겠다고 했다. 그때마다 엄마는 혼자 공부하면 마음이 흐트러지니까 실력이 오르길 기다려 보자고 했다.

10월이 다 지나갔지만 소야 엄마로부터 그 어떤 소식도 없었다. 엄마도 몹시 불쾌한 모양이었다. 화가 난 듯 혼자 중얼거렸다.

"참 이상한 사람 다 봤네. 아이를 맡겨 놓고……. 내가 고아원 원장인 줄 아나?"

민희는 그런 엄마가 싫었다. 어른이라면 남의 어려운 사정을 짐작하고 배려해야 한다. 더구나 엄마는 아버지 없는 세 아이를 기르지 않는가. 그리고 엄마는 소야 학비를 민호 수술비로 쓰지 않았는가. 민희는 그럴수록 소야에게 미안한 마음이 들어 더 잘 대해 주려고 애를 썼다. 그래야만 돈 훔친 죄를 사면 받을 수 있을 것 같았기 때문이다.

하지만 소야에게 느끼는 질투의 불길은 쉽게 꺼지지 않았다. 그건 빠로와 민호 때문이었다. 언제부터인지 모르겠지만 빠로는 소야와 편지를 주고받고 있었다.

민희네 대문 앞 골목에 라일락 나무가 한 그루 서 있다. 민호가 태어났을 때 아버지가 기념으로 심은 나무로 19년째 자리를 지키고 있다. 해마다 5월이면 살랑거리는 바람에 보라색 향기를 실어 보내는 고마운 나무였다. 하루는 라일락 나뭇가지가 갈라진 곳에 예쁘게 접은 쪽지 편지가 꽂혀 있는 걸 우연히 보게 되었다. 민희는 긴장된 얼굴로 쪽지를 집어 들었다.

> To 소야
> From 베드로

 만약 빠로라고 씌어 있었다면 그렇게 화가 나지 않았을 것이다. 빠로와 베드로는 느낌부터 달랐다. 빠로는 어린애 같은 기분이 들지만 베드로는 예의를 갖춘 청년에게서나 맡을 수 있는 풋풋한 냄새가 났다. 하지만 편지 내용은 별게 아니었다.

> 예비자 교리 수요일 6시
> 결석하지 마.

'세상에! 나한테는 성당에 가잔 말도 안 하면서.'

이 편지가 민희 마음에 질투의 물결이 일게 했다면 소야의 책상 서랍에 가득 든 빠로의 편지는 민희의 마음을 산산조각으로 찢어놓고 말았다.

민희는 성당에 나가기로 결심했다. 하느님을 믿기 위해서가 아니었다. 소야처럼 고상한 얼굴로 딱딱한 마룻바닥에 앉아 하느님 말씀을 듣고 싶은 마음은 없었다. 성당에 가는 목적은 소야가 빠로에게 민희보다 더 가까운 친구가 되는 것을 막기 위해서였다. 더 정직하게 말하면 빠로가 예쁜 색종이로 소야에게 시집을 가마를 만들어 줄지도 모른다는 조바심에서였다.

수요일, 민희와 소야가 헐레벌떡 성당에 들어섰을 때 이미 미사가 시작되었다. 빠로는 미사를 드리는 동안 신부님을 도와 드리는 복사였다. 하얀 옷을 길게 입은 빠로가 신부님처럼 성스럽게 느껴졌다. 성당에서는 빠로보다 베드로라는 이름이 더 어울리는 것 같은 느낌이 들어 미사를 마치고 나오는 빠로를 보고, 민희는 '빠로야!' 부르지 않고 '베드로!' 하고 불렀다.

하늘에서 금방이라도 별이 쏟아질 것만 같은 낭만적인 밤이었다. 민희는 엄마가 준 떡을 들고 빠로네 집으로 갔다. 마침 빠로 혼자 집을 지키고 있었다.

둘은 마루에 걸터앉아 맑은 하늘에 빛나는 별을 바라보았다. 사방에 가을 기운이 풍만했다. 귀뚜라미의 노랫소리가 마음을 더욱 가볍고 기쁘게 만들어 주었다. 멀리서 별똥별 하나가 길게 꼬리를 끌며 지나갔다. 동시에 민희의 마음속에도 별똥별 하나가 일어났다.

"빠로야, 물어볼 게 있는데……."

"뭔데?"

민희는 솔직하게 마음을 털어놓기로 했다.

"있잖아, 너 나하고 소야하고 누가 더 좋니?"

빠로가 눈이 휘둥그레져 민희를 바라보았다.

"그런 질문이 어딨어?"

슬그머니 화가 났다. 이런 말도 이해 못 하다니. 민희가 조금 더 큰 목소리로 말했다.

"나하고 소야 중에 누가 더 좋은가 묻고 있잖아. 지금!"

빠로는 하늘에서 반짝이는 별들을 바라보며 오랫동안 잠자코 있었다. 한참 후, 얼굴을 민희 쪽으로 돌리더니 어른스럽게 말했다.

"똑같아. 너도 내 친구고 소야도 내 친구야. 그래서 누가 더 좋다 말할 수 없어. 너도 좋고 소야도 좋아. 하지만 소야에게 더 잘해 주고 싶어. 소야는 말을 못 하니까!"

'거짓말! 소야가 나보다 예뻐서 그렇지? 다 알아!'

이 말을 하고 싶었다. 그러나 자존심이 허락하지 않았다. 그 순간 민희는 깨달았다. 지금까지 소야가 싫은 건 너무나 예쁘게 생겼기 때문이다. 그것을 질투하고 있었다.

빠로가 잠자코 있다가 조용히 말했다.

"하느님은 하느님의 백성을 누구나 사랑하셨지만 온전하지 못한 사람을 더 사랑하셨어."

빠로의 말을 끝까지 듣고 싶지 않아 자리에서 일어섰다. 그러고 꼿꼿한 걸음걸이로 빠로네 집 대문을 나와 어둠 속을 걸어 집으로 돌아왔다.

민호는 민희의 우상이었다. 아파치 농땡이들로부터 탈출한 그날부터 민희의 우상이 되어 버렸다. 그와 동시에 민희는 오빠에게 제일 사랑받는 동생이 되고 싶었다. 그래서 민호에게 별스럽게 굴었다.

비 오는 날이면 우산을 들고 민호가 다니는 학교로 제일 먼저 달려갔으며 민호가 하는 말은 하나도 빠뜨리지 않으려고 두 눈을 반짝이며 귀를 곤두세우고 실천에 옮기려 애썼다.

민호가 소풍을 다녀왔다. 민호가 민주와 민희에게 똑같은 모양의 목걸이를 던지듯 주고 소야를 손짓으로 불렀다. 그러고 소야를 자전거 뒤에 태워 뒤도 돌아보지 않고 골목을 달려 나갔다.

민희는 너무나 샘이 나서 터져 나오려는 울음을 간신히 참고 외쳤다.

"오빠는 도대체 누구 오빠야?"

"누구 오빠긴 우리 오빠지."

민주가 시원하게 대꾸했다.

"괜히 심통 부리지 마. 오빠가 소야에게 얼마나 미안해하는지 너 알기나 하니? 소야 입학금 낼 돈으로 오빠 수술했잖아. 니가 소야라면 가만히 있겠어? 동네가 떠나가도록 소리를 지르며 난리 쳤을걸. 그런데 소야는 그렇지 않았잖아. 오빠는 그게 마음이 아픈 거야. 그래서 소야에게 더 잘 해 주려고 노력하는 거고. 니가 이해해."

민주의 간곡한 말에도 민희는 그리 좋은 얼굴을 보이지 않았다.

집으로 돌아온 소야 손에 소라고둥이 들려 있었다. 민호가 준 선물이 틀림없었다.

소야가 책상 앞에 앉아 '붕' 하고 소라고둥을 불었다. 은은한 소리가 방안을 맴돌다 창문 사이로 빠져나갔다. 민희는 민호가 소라고둥을 사다 준 뜻을 어렴풋이 짐작했다. 소라고둥에 대고 소야가 하고 싶은 말을 하라고. 꽃이 향기로 말을 전하듯이 소라고둥 소리는 소야가 하고 싶은 말이었다.

민희가 자리에서 일어나 창문을 열며 말했다.

"크게 불어 봐. 소리가 참 듣기 좋아."

소야가 방긋 웃으며 다시 불었다. 소라고둥 소리가 어둠 속으로 빨려 들어가 멀리멀리 날아갔다. 어쩌면 이 소리가 멀리 서울에 있는 소야 엄마에게까지 날아갈지도 모른다. 정말 그렇게 된다면 얼마나 좋을까. 이건 민희의 솔직한 바람이었다. 소야가 미울 때도 있지만 좋을 때가 더 많았다. 빠로 말처럼 소야도 친구였기 때문이다.

엄청난 사건

초겨울이 시작되었다. 마지막 아름다움까지 다 보여 준 나뭇잎들이 힘없이 거리를 맴도는 쓸쓸한 계절로 접어들었다. 계절만큼이나 소야도 쓸쓸하게 지내고 있었다. 소야 엄마로부터 소식이 끊긴 지 벌써 3개월째다.

그동안 소야는 수십 번이나 편지를 보냈다. 하지만 그 편지는 매번 되돌아왔다. 소야는 편지를 쓰고 또 썼다. 그러고 라일락 나무 밑이나 마루 끝에 앉아 집배원 아저씨가 자기 이름을 부르길 기다렸다.

민희는 소야만큼 엄마를 그리워하는 아이는 처음 봤다. 민희에게 엄마는 나무 같은 존재다. 엄마가 가지를 활짝 벌려 쨍쨍한 햇볕을 막아 줘도 민희는 그 고마움을 느끼지 못했다. 오히려 눈앞에 우뚝 버티고 서 있어 답답하다며 곱지 않은 눈길을 보냈다. 그래서 엄마가 집을 비우면 그렇게 홀가분할 수가 없었다. 엄마가 없어도 밥을 먹을 수 있고 잠을 잘 수 있을 뿐만 아니라 마음껏 마음대로 놀 수 있기 때문이다. 물론 엄마가 집에 없는 기간이 길어지면 보고 싶긴 했다.

초등학교 4학년 때인가, 엄마가 잠깐 외갓집에 다니러 간 적이 있었다. 사흘이 지나도 엄마가 돌아오지 않자 엄마 사진을 보며 하염없이 울었다. 그때 말고는 민희에게 있어 엄마는 이 세상에서 제일 좋은 사람이 아니었다. 그래서 민희는 막내인데도 엄마 곁을 맴돌며 강아지처럼 꼬리를 흔들어 대지 않았다.

민희는 다정다감한 소야 엄마를 부러워했다. 얼굴도 예쁘고 자태도 곱지만 나긋나긋한 목소리가 무척 좋았다. 소야 엄마 같으면 딸이 잘못했다며 뒤통수를 때리지 않을 것이며, 바락바락 악을 쓰며 잔소리도 하지 않을 것이다.

민희는 아직 나이가 어려 엄마의 형편을 모른다. 간혹 남 말하기 좋아하는 사람들은 장애를 가진 아이가 태어나면 그 집안의 족보까지 들먹이며 원인을 캐려 들었고 그런 아이를 둔 엄마는 전생에 무슨 큰 죄를 지은 사람처럼 여기기까지 했다.

민희 엄마는 민호 때문에 그런 곱지 않은 시선을 받으며 살아왔다. 방패막이인 남편도 없이 여자 혼자 세 아이를 키우며 살아야 했다. 발이 퉁퉁 붓도록 재봉틀을 돌리다 집으로 돌아오면 자리에 눕고 싶은 생각밖에 없었다. 하지만 자질구레한 집안일이 기다리고 있어 편히 쉬지 못했다. 이렇게 하루하루를 보내다 보니 엄마는 자기도 모르는 사이에 바람 부는 언덕에 선 갈대처럼 억세졌다.

언젠가 소야가 말했다.

"나는 죽지 않을 거야. 내가 죽으면 엄마를 볼 수 없으니까!"

얼마나 엄마를 사랑하면 이런 말이 나올 수 있을까. 이런 소야가 '나 엄마 찾으러 서울 갈래.' 하는 소야의 수화에 민희는 조금도 놀라지 않았다.

민희는 이 이야기를 벚나무에서 들었다. 벚나무를 타고 올라가 벌어진 가지에 앉아 다리를 흔들며 놀 때 소야가 진지한 얼굴로 말했다.

"서울이 얼마나 무서운데. 가만히 있어도 코 베어 가는 곳이 서울이래."

민희는 정말 서울에 갔다 오기라도 한 사람처럼 손놀림을 빠르게 했다.

"걱정 마. 니네 엄마한테 곧 연락이 올 거야. 말 못 할 무슨 사정이 있어서 편지를 못 하시겠지."

하는 위로의 말도 했다.

만약 그다음 날 김 선생이 드러내 놓고 창피를 주지 않았다면 지나가는 이야기로 끝났을지도 모른다.

그날은 좀 늦게 집을 나섰다. 맑고 깨끗한 호숫가에 낚시꾼이 앉아 고기를 낚고 있었다. 하필 민희가 지나가는데 큰 고기가 물렸다. 낚시꾼이 소리를 지르며 자리에서 일어서 낚싯대를 당기는 순간 그만 미끄러져 호수에 빠지고 말았다. 민희는 가방을 내던지고 후다닥 달려들어 젖 먹던 힘까지 짜내어 낚시꾼을 끌어올렸다. 낚시꾼은 물에 빠진 생쥐 같았다. 낚시꾼이 옷을 말려야 집으로 갈 수 있다며 잇소리를 내며 덜덜 떨었다. 민희는 집으로 내달았다. 공부 시간에 늦는다는 걱정은 눈곱만치도 하지 않았다.

세상의 모든 일에는 먼저 해야 할 것과 나중에 해야 할 것이 있다. 공부는 늦게 시작하면 늦게 끝나면 된다. 하지만 덜덜 떠는 낚시꾼은 지금 도와주지 않으면 안 된다. 아무리 무서운 김 선생도 사정 이야기를 들으면 이해하리라 믿었다.

'이럴 때 누구라도 아저씨를 도와주었을 거야.'

민희는 옷을 가지고 호수로 달려갔다. 낚시꾼이 엄마 치마를 보고 놀란 얼굴을 했다.

"이건 여자 옷 아니니?"

"우리 집에는 남자 옷이 없어요. 아빠가 안 계시거든요."

"그래? 그렇다면 그렇겠군. 할 수 없지."

낚시꾼이 치마와 스웨터를 입었다. 그 모습이 너무나 우스워 낚시꾼도 민희도 배꼽을 잡고 웃었다.

"옷이 다 마르면 이 집 대문 앞에 갖다 놓으세요."

민희가 종이에 자기 집 주소를 적어주자 낚시꾼이 지폐 두 장을 주며 고마움을 표시했다. 어려운 일을 하긴 했지만 민희에겐 적지 않은 돈이었다.

민희의 예상은 완전히 빗나가고 말았다. 김 선생은 날카로운 뿔이 달린 물소처럼 화를 냈다. 아무리 자세하게 사정을 이야기해도 학생이 수업 시간에 늦으면 안 된다고 했다. 김 선생은 처녀로 살 수밖에 없는 운명이 확실했다. 위험에 처한 사람을 구해 준 민희에게,

"수업에 좀 늦은 건 그렇게 큰일이 아니야. 니가 없었다면 그 아저씨가 얼마나 당황했겠니? 잘했다."

하고 칭찬을 해야 마땅했다.

　그런데 그런 나쁜 마음씨로 누구의 아내가 되어 어떻게 살아가겠는가. 하지만 나이 어린 민희는 그날 김 선생의 사정을 알지 못했다. 김 선생은 다른 날과 달리 결혼식장이라도 가는 사람처럼 옷차림에 많은 공을 들였다. 공부가 끝나자마자 맞선을 보러 나가야 했기 때문이다. 그런데 민희가 늦게 왔으니 자기 자신에게 엄격한 김 선생이 어떻게 공부하는 아이를 놔두고 맞선을 보러 가겠는가.

　여기까지는 그래도 좋았다. 김 선생의 어머니가 수정과를 내왔다. 수정과를 한 모금 마신 민희가 그릇 안에 담긴 곶감을 보는 순간, 엄마 옷을 입은 물에 빠진 낚시꾼 생각이 나서 푸하하하 웃음을 터뜨렸다. 그 바람에 입에 든 수정과 물이 날아가 김 선생의 히늘하늘한 쪽빛 블라우스를 얼룩덜룩 물들이고 말았다.

"너 나한테 무슨 유감 있어? 내 일을 왜 망치려 드는 거야?"

귀청이 터지도록 김 선생이 소리를 질렀다. 그 소리에 놀라 달려온 김 선생의 어머니가 나오지 않는 울음을 억지로 터뜨리며 넋두리를 해댔다.

"오랜만에 들어온 자리 놓치면 어떡하니. 내 딸 처녀 귀신 만들지 않으려고 어젯밤에 잠 한숨 못 자고 빌고 또 빌었는데……."

민희는 안절부절 어쩔 줄 몰라했다.

김 선생의 옷은 말 그대로 엉망진창이 되었다. 김 선생이 허리에 손을 얹고 단호하게 통보했다.

"너하고 난 인연이 아니다. 오늘로 끝!"

거기에 더 있으면 김 선생이 펑 하고 터져 버릴 것 같아 옷을 갈아입으러 간 사이 도둑고양이처럼 빠져나오고 말았다. 김 선생이 화장을 다시 하고 다른 옷으로 갈아입고 약속시간에 맞춰 맞선을 보도록 하는 게 도리일 것 같았다. 그게 공부보다 더 중요한 일이라는 생각이 들었다.

어쨌든 당장 내일 아침부터 소꾸미에 가기 싫었다. 김 선생이 오지 말라고 정식으로 엄마에게 선언하기 전에 먼저 끊어 버리고 싶었다. 그래서 집으로 돌아오자마자 소야를 보고 대뜸 말했다.

"우리 내일 니네 엄마 만나러 서울 갈래? 내가 따라가 줄게."

소야가 함박웃음을 지으며 고개를 끄덕였다.

일은 그렇게 시작되었다. 둘은 다른 사람에게 비밀로 하자며 손가락을 걸었다. 이른 새벽에 서울 가는 기차를 타기만 하면 밤늦게 집으로 돌아올 수 있다. 하루 동안 두 아이가 안 보여도 큰 소란은 일어나지 않을 것이다.

민호, 민주가 이른 아침 집을 나서면 엄마는 아침잠을 잠깐 더 잔 다음 출근할 것이다. 엄마는 시간에 쫓겨 민희가 집에 있는지 소꾸미로 갔는지 확인을 하지 않을 것이다. 늘 그랬으니까.

다음 날 새벽, 민호와 민주가 집을 나서자마자 뒤따라 기차역으로 달려가기로 했다.

그날 밤 소야는 엄마 주소를 챙기느라 바빴고, 민희는 말로만 듣던 서울에 간다는 사실이 꿈만 같았고 지긋지긋한 김 선생을 하루라도 보지 않게 되었다는 기쁨에 들떠 좀처럼 잠을 이루지 못했다. 두 아이는 나란히 누워 가슴 벅찬 밤을 보내고 있었다.

"정말 엄마가 사는 집을 찾을 수 있을까?"

소야가 물었다.

"걱정 마. 주소만 있으면 서울 김 서방 집도 찾는대."

민희는 자기가 얼마나 침착하게 모르는 길을 잘 찾는지 소야에게 설명하기 시작했다.

초등학교 4학년 때 아빠가 복막염에 걸려 수술비가 필요했다. 수술비를 대줄 사람은 외할머니밖에 없었다. 엄마는 나이 어린 민희를 외할머니댁에 보내기로 했다. 그래서 민희 손에 외할머니댁 주소가 적힌 종이를 쥐어주며 몇 번이나 당부했다.

"거창에서 내린 다음 그 자리에서 삼가 가는 버스를 타야 한다. 버스를 타기 전에 기사 아저씨께 삼가 가는 버스가 맞는지 물어보고 타야 해. 버스 앞에 적힌 행선지 똑똑히 보고."

민희는 자신이 있었다. 엄마하고 같이 가 봐서 안다. 거창은 버스를 갈아타는 곳이다. 버스를 타고 삼가에서 내리면 바로 삼거리다. 삼거리엔 큰 느티나무가 서 있다. 느티나무를 왼쪽으로 두고 신작로를 계속 따라 내려가면 다리가 나오고, 그 다리를 건너면 외할머니댁이 있는 더무실이다. 눈을 감고도 찾아갈 자신이 있었다.

김천에서 거창까지는 잘 갔다. 버스 안에서 어른들이 단발머리 여자아이가 혼자 앉아 있는 걸 보고 행선지를 물었다. 민희는 머뭇거리지 않고 삼가 사는 외할머니댁에 간다고 했다. 버스를 갈아탄다는 말도 빼놓지 않았다. 시골 어른들이 혀를 차며 말했다.

"아이구, 어린 것이 당차기도 하지."

"뉘 집 딸인지 똑똑도 하네."

민희는 한껏 우쭐해져 있었다. 거창에서 내렸다. 운전석에 앉아 있는 기사 아저씨에게 물어보고 싶은 생각이 들지 않았다. 어른들 도움 없이 혼자 힘으로 외할머니댁을 찾아가고 싶었다.

버스 몇 대가 들어왔다 나갔지만 앞에 '삼가'라는 글자는 씌어 있지 않았다. '전주'라는 글자를 써 붙인 버스도 간혹 있었지만 '진주'행이 많았다. 문득 엄마 말이 생각났다. 엄마는 외할머니 이야기를 할 때면 언제나 '진주 할머니'라고 했지 '삼가 할머니'라고 하지 않았다. 진주행 버스를 타고 가면 틀림없이 삼가가 나올 것 같았다.

민희는 당당하게 진주행 버스 맨 앞자리에 앉아 휙휙 지나가는 마을을 바라보았다. 큰 느티나무만 보이면 내릴 준비를 하고서 말이다. 하지만 아무리 가도 삼거리도 큰 느티나무는 나타나지 않았다. 슬슬 불안해지기 시작했다. 버스가 먼 길을 달리고 달려 목적지에 도착했다. 사람들이 모두 내렸다. 민희가 앞자리에 여전히 앉아 있자 기사 아저씨가 물었다.

"여기가 종점인데 넌 왜 안 내리니?"

"아저씨, 삼가 지났어요?"

"너, 삼가 가니?"

"예."

"아이구, 버스를 잘못 탔구나!"

그때야 정신이 번쩍 들었다. 먼저 눈물부터 나왔다. 버스 의자에 앉아 두 팔에 얼굴을 파묻은 채 엉엉 소리 내어 울어 댔다. 울면서 생각했다. 이건 잘난 체했기 때문이다. 엄마가 시킨 대로 기사 아저씨에게 행선지를 물어보고 탔으면 이런 일은 일어나지 않앉을 것이다. 그러다 이렇게 울고 있을 것이 아니라 삼가 가는 버스를 다시 타야 한다는 생각이 들었다. 곧 날도 어두워질 텐데. 인정 많은 기사 아저씨가 어린 딸을 혼자 여행시킨, 아무 죄도 없는 민희 아버지와 엄마를 원망하며 친절하게 삼가 가는 버스에 민희를 올려 주었다. 나중에 알고 보니 민희가 탄 진주행 버스는 삼가에 들르지 않는 직행버스였다. 삼가에 들르는 버스는 완행이다.

그래서 엄마가 기사 아저씨에게 물어본 다음에 타라고 신신당부를 했던 것이다. 해가 뉘엿뉘엿 질 때쯤 외할머니댁에 들어선 민희는 외할머니 품에 안겨 오래오래 서럽게 울었다.

"'길을 모를 땐 꼭 물어봐야 한다.'는 교훈을 얻었어."

민희가 긴 이야기를 마치며 마지막으로 힘주어 말했다.

"너 굉장히 똑똑하다. 나 같았으면 아마 진주에서 기절하고 말았을 거야!"

소야의 칭찬에 우쭐해진 민희가 말했다.

"주소가 있으니까 니네 엄마 집도 찾을 수 있어."

이 말이 소야에게 희망을 주었는지 소야가 예쁜 손으로 말했다.

"난 니가 있어 두렵지 않아!"

낯선 땅, 서울

민희는 아침 일찍 자리에서 일어나 세수를 하고 머리를 단장하게 빗고 아침상 차리는 엄마를 도왔다. 엄마가 의아한 표정으로 말했다.

"오늘 아침엔 해가 서쪽에서 떴냐? 어쩐 일로 니가 꼭두새벽에 일어나 부엌일을 도울까?"

"난 엄마 도우면 안 돼?"

"안 하던 일을 하니까 그렇지."

"하긴 엄마한테는 오빠 언니밖에 없으니까!"

"너는 엄마 딸 아니니?"

"나? 엄마 딸이지만 우수리!"

"입은 청산유순데 공부하는 거 보면……."

"머리가 나쁘다 그 말이지? 엄마가 그렇게 낳았잖아!"

민희가 불만스러운 표정으로 멸치볶음을 담던 접시를 상 위에 소리 나게 놓고 밖으로 나간다.

"저 성질머리하곤……."

소야가 다른 날보다 생기가 넘쳤다. 민희도 소야도 밥 한 그릇을 깨끗이 비웠다. 민호가 자리에서 일어서며 말했다.

"쟤들 무슨 좋은 일이라도 있나 보죠. 엄만 피곤하실 텐데 잠깐 더 주무세요."

"그럴까? 그럼, 잘들 다녀와."

민호의 한마디가 엄마의 호기심을 꺾어 놓았다. 그렇지 않았다면 엄마는 민희와 소야의 계획을 캐냈을지도 모른다. 엄마는 아무리 굳게 다짐한 비밀이라도 털어놓게 하는 비법이 있었다. 오빠가 그걸 막아 주었다. 민희가 밥상을 정리하며 말했다.

"설거지 내가 할게. 언니는 빨리 학교 가."

민주가 일찍 학교에 가서 시험공부를 할 수 있게 되었다며 퍽 고마워했다. 민희는 그릇을 닦고 소야는 작은 수건으로 싼 도시락을 민호 가방 한쪽에 넣었다. 그리고 호주머니에서 꺼낸 쪽지를 도시락 아래에 놓았다.

모든 일이 계획대로 착착 진행되었다. 민호와 민주가 학교에 간 다음 소야와 민희는 막 떠오르는 해님 같이 환한 얼굴로 기차역을 향해 출발했다. 얼마나 타 보고 싶었던 기차인가! 민희가 기차 탈 생각으로 눈빛이 영롱하게 빛났다면, 소야는 엄마를 만나러 간다는 기쁨으로 눈빛이 샛별처럼 반짝거렸다.

소야가 기차표를 끊었다. 서울 가는 기차를 타는 일은 소야가 능숙하게 잘했다. 민희는 처음 기차를 타 보지만 소야는 경험이 많았기 때문이다. 돌아올 차표는 걱정하지 않았다. 소야 엄마가 끊어줄 테니까. 용돈은 어제 낚시꾼에게 받은 돈으로 충분했다.

기차 여행은 정말 멋졌다. 차창 밖으로 펼쳐지는 끝없는 풍경은 한 장도 똑같은 그림이 없었다. 무한하고 변화무쌍하고 장엄하기까지 했다. 특히 기차가 기적을 울리며 지나갈 때면 길 가던 사람들이 멈추어 서서 손을 흔들어 주는 풍경이라니! 본 적도 없고 이야기를 나눈 적도 없는 사람들인데도 정이 갔다. 민희와 소야도 차창으로 사람이 보일 때마다 손을 흔들어 주었다.

아무리 한집에 살아도 그 사람의 진면목을 볼 수 없다는 사실을 민희는 기차 여행에서 알았다. 소야는 마음속에 있는 말들을 거침없이 수화로 표현해냈다. 소야의 이야기를 들으며 민희는 같은 열네 살이지만 큰 차이를 느꼈다. 이를테면 소야는 오빠와 같은 고등학생 정도의 정신 수준이었다면 민희는 중학교 1학년 정도라고 할까. 물론 정상적으로 학교에 갔으면 진짜 중학교 1학년이지만.

소야가 말했다.

"넌 지금 무슨 생각을 하고 있니? 난 마음속으로 기도하고 있었어."

"어떤 기도?"

"기차를 타게 해 주셔서 고맙습니다. 이게 하느님의 **뜻**이라면 엄마도 만나게 해 주십시오. 사랑하는 엄마와 헤어져 사는 건 너무나 힘들어요. 하느님, 사랑하는 사람들을 방해하는 것들이 너무 많아요. 하느님은 어디에나 계시고 우리를 사랑하시니까 저와 엄마도 사랑해 주세요. 그리고 민희 같은 친구를 옆에 있게 해 주셔서 감사해요. 민희가 없었다면 저는 기차 탈 생각을 못 했을 거예요. 민희는 제 친구지만 마음만 먹으면 어떤 어려운 일도 해낼 수 있는 용기가 있어요. 그 점을 제가 본받게 해 주세요."

소야는 민희에게 이야기하는 게 아니라 하느님께 기도를 드리고 있었다. 소야의 눈은 차창 밖 높고 푸른 하늘을 응시하고 있었다. 아마 하느님과 눈길이 마주쳤는지도 몰랐다. 그러니까 시냇물처럼 하고 싶은 말을 쏟아 내고 있는 것이다.

"제가 엄마를 만났을 때 건강한 얼굴이길 바라요. 엄마가 저에게 편지를 보내지 않은 건 엄마에게 큰일이 일어났기 때문이란 걸 전 알아요. 무슨 일이 있어서 제게 편지를 보내지 않으실까요? 그 일이 궁금하지만, 그 일을 알게 될까봐 무서워요. 하지만 알고 싶어요. 만약 엄마가 저에게 그 일을 알리고 싶지 않다면 전 엄마를 만나도 묻지 않을 거예요. 전 조금도 엄마의 마음을 아프게 하고 싶지 않으니까요. 엄마와 제가 멀리 떨어져 살아야 할 운명이라면 잠깐만이라도 엄마를 만날 수 있게 해 주세요. 전 그것만으로도 만족할 수 있어요. 하느님께 부탁할 게 있어요. 매일매일 부탁하는 거라 하느님도 아실 거예요. 엄마를 아빠처럼 하늘로 데려가지만 마세요."

너무나 슬픈 기도였다. 민희는 목이 메고 코가 시큰거렸다. 소야는 슬픈 기도를 기쁜 얼굴로 하고 있는데 눈물을 흘리는 사람은 민희였다.

소야의 기도가 다 끝났을 때 민희가 미안한 듯 말했다.

"내가 너에게 잘 해 주지 못해서 미안해."

"아니야. 넌 나에게 친절을 많이 베풀어 주었어. 고마워!"

"아니야. 난 너에게 친절을 베푼 적 없어. 미안해!"

민희는 진심으로 사과했다.

"사람은 자기가 한 일을 잘 몰라. 하지만 받은 사람은 알아. 그러니까 그 고마움을 잊지 못하지. 넌 잘 모르겠지만 난 너 때문에 외로움을 견딜 수 있었어."

"그렇게 생각한다니 정말 고마워. 난 너처럼 얌전하지도 못하고 깊이 생각하지도 못해. 무슨 생각이 떠오르면 요모조모 따지지 않고 행동해 버리고 말아. 그리고 말을 못 참아. 다른 사람이 뭐라고 생각하든 말든 내가 하고 싶은 말을 해 버려."

"나는 너의 그런 점이 좋아. 내가 벙어리가 아니라면 나도 너처럼 되었을 거야. 말을 하지 못하니까 속으로 생각하는 게 많아. 행동하기 전에 한 번 더 생각하니까 조심성 있게 행동하는 것처럼 보일 뿐이야. 나도 어렸을 땐 성깔머리가 못됐다는 소릴 많이 들었어."

"정말이니? 새색시처럼 얌전한 니가?"

"그럼. 그땐 우리 집이 잘살아서 내가 무척 거만했거든. 집안일을 도와주는 아줌마도 있었고 기사 아저씨도 있었어. 난 그 사람들에게 오래도록 지워지지 않을 나쁜 기억들을 많이 심어 주었어. 요즘 성당에 가서 그 일을 반성하고 용서를 빌어."

소야의 손끝이 가늘게 떨렸다. 얼굴처럼 마음이 예쁜 소야다. 얼굴이 예뻐서 마음까지 예쁜 것인가, 마음이 예뻐서 얼굴이 예뻐진 걸까. 어느 쪽이 먼저인지 알 수 없지만 부러운 것만은 틀림없었다.

민희는 착한 소야에게 돈을 훔쳤다는 말을 솔직하게 고백하지 못하고 태연하게 앉아 있는 자신이 미웠다. 양심이 쿡쿡 찌르는데도 그 말이 입 밖에 나오지 않았다. 이때,

'내가 니 돈을 훔쳤어. 빨간 지갑에 든 돈 말이야!'

했다면 소야는 일 초의 망설임도 없이 하느님처럼 넓은 마음으로 용서할 것이다. 그런데도 왜 입이 움직이지 않는 걸까.

평택역을 지나면서 빗줄기가 차창에 금을 그어 놓더니 수원역에 이르렀을 때는 제법 굵어졌다. 소야가 걱정스런 얼굴로 말했다.

"비가 와서 어쩌지?"

"괜찮아! 설마 장마처럼 비가 오겠니?"

설마가 사람 잡는다는 말은 그냥 생긴 말이 아닌 모양이다. 비가 장마철 못지않게 쏟아지고 있었다. 그래도 기차가 안전하게 두 소녀를 서울역까지 데려다 주었다.

서울은 거대했다. 말로만 듣던 것보다 열 배, 아니 백 배나 더 크고 화려했다.

"와, 저 빌딩 좀 봐!"

민희는 목소리를 높이지 않으려고 애쓰며 말했다. 둘은 멈추어 서서 고개를 들어 빌딩들을 바라보았다.

"어지럽다, 그치?"

소야도 놀란 모양이었다.

사람들이 무척 많았다. 그런데도 누구 하나 두 소녀에게 관심을 갖지 않았다. 시골에서 들은 말처럼 코를 베어 가는 사람도 없었고, 나쁜 곳에 팔아 버리기 위해 끌고 가는 사람도 없었다. 그래서 민희와 소야는 마음 놓고 점심으로 찐빵을 사 먹었다.

서울역을 나서며 우산을 살까 망설였다. 돈이 얼마 없기 때문에 버려진 신문으로 머리만 가리자는 소야의 의견에 군말 없이 찬성했다.

서울이 무서운 건 무관심이었다. 민희가,

"문화촌으로 가려면 어떤 버스를 타야 돼요?"

하고 물었을 때 사람들은 못 들은 척 그냥 지나갔다. 학생인 듯한 청년 하나가 말짱한 얼굴로 말했다.

"서울역 앞 버스 정류장에서 문 두 개 달린 버스만 타면 돼!"

세상에, 이런 무책임한 말을 할 수 있다니! 민희와 소야는 버스를 자주 타 보지 않았기 때문에 어떤 버스가 문이 두 갠지 한 갠지 모르고 있었다. 사실 조금만 주의를 기울였어도 모든 버스의 문이 두 갠 줄 금방 알아차렸을 것이다. 버스 정류장에 도착했을 때 버스 한 대가 막 도착했는데 문이 두 개였다. 민희와 소야는 자신 있게 버스에 올랐다.

버스는 복잡한 서울 시내를 한참 달리다 한적한 도로로 접어들었다. 순간 버스를 잘못 탔다는 생각이 번개처럼 머리를 스치고 지나갔다.

'기사 아저씨께 물어보고 타야 하는데……'

민희가 자리에서 벌떡 일어나 흔들리는 통로를 걸어가 기사 아저씨에게 물었다.

"아저씨, 문화촌 아직 멀었어요?"

기사 아저씨가 한심하다는 투로 말했다.

"학생, 차를 잘못 탔네. 이건 인천 가는 시외버스야!"

민희가 온몸을 바들바들 떨면서 소리쳤다.

"아저씨, 내려 주세요. 우린 문화촌 가는 버스를 타야 해요."

부끄러운 건 문제가 아니었다. 민희가 다시 한번 울부짖었다.

"아저씨, 내려 주세요, 네?"

"시외버스는 함부로 멈출 수가 없어. 재수 없이 경찰에게 걸리면 왕창 벌금을 문단 말야."

기사 아저씨가 고개를 절레절레 흔들었다.

민희는 완전히 절망에 빠져 가슴 아프게 엉엉 소리 내어 울었다. 하지만 세상에는 좋은 사람이 나쁜 사람보다 더 많다. 좋은 일은 해도 표시가 나지 않으니 그렇게 보일 뿐이다. 열 사람이 가난한 사람을 위하여 봉사한 일은 드러나지 않는다. 그러나 한 사람이 사람을 죽였다거나 큰 도둑질을 했다면 그건 널리 알려진다. 마침 그 버스에 타고 있던 승객들은 모두 좋은 사람이었다. 그 사람들이 입을 모아 말했다.

"법에도 예외가 있지. 만약 경찰에게 걸리면 우리가 전후 사정을 말하리다. 그것도 안 되면 벌금은 내가 내주겠소."

"길가에 잠깐 세우면 될 일을 뭘 그렇게 빡빡하게 굴어요?"

"기사 양반은 자식 안 기르우?"

성미 급한 어떤 아주머니는 종이에 문화촌을 찾아가는 방법을 자세히 써서 민희 손에 쥐어 주기까지 하였다. 드디어 기사 아저씨의 마음이 움직였다. 버스는 곧 길가에 세워졌고 민희의 오야는 버스에서 내렸다. 다행스럽게도 주위에 경찰관은 없었다. 길을 건

너 버스를 타고 다시 서울역으로 온 다음 문화촌 가는 버스를 탔을 땐 이미 4시가 훌쩍 지나 있었다. 두 소녀는 버스에 올라타자마자 기사 아저씨 뒤편에 자리를 잡고 앉아 문화촌에 꼭 내려 달라는 부탁을 공손하게 했다.

"내릴 때 이야기해 줄 테니 걱정하지 말고 앉아 있어."

다정한 기사 아저씨의 말을 듣고 자리에 앉았다. 소야가 뽀오얀 얼굴에 웃음을 지었다. 빗줄기가 약해졌다. 버스는 쉬다 가다를 반복하며 끝이 보이지 않는 도로를 달려갔다. 서울은 넓고 넓었다. 기사 아저씨가 가르쳐 준 곳에서 내렸다. 그러고 되도록 나이 많은 어른에게 길을 물었다.

문화촌은 시골이나 다름없었다. 말이 문화촌이지 올망졸망한 집들이 다닥다닥 붙어 있는 좁은 오르막길이었다. 문화촌이라는 동네 이름이 도무지 어울리지 않았다. 편지 봉투에 씌어 있는 주소는 좁은 골목길을 한참이나 올라간 곳에 자리 잡고 있었다. 빨간 지붕에 초록색 대문이 단정한 소야 엄마의 모습과 닮았는데 주위의 집들보다 아담하고 예뻤다. 민희와 소야는 도둑고양이처럼 대문 앞으로 다가가 집안을 엿보았다. 인기척이 없었다. 대문 옆에 초인종이 달려 있었다.

'우리 엄마가 이 집에 정말 살고 있을까?'

소야가 두 손을 기도하듯이 모았다.

"우리, 초인종 눌러 볼래?"

민희가 말했다.

"만약 엄마가 안 나오면?"

소야가 망설이고 있는데 '빵, 빵!' 소리와 함께 노란 택시가 골목을 꺾어 올라오고 있었다. 왜 그랬을까? 민희와 소야는 약속이나 한 것처럼 맞은편 교회 철문 뒤로 몸을 숨겼다. 그러고 눈만 내놓고 바깥 동정을 살폈다. 택시가 초록색 대문 앞에서 멎었다. 세상에! 민희는 그렇게 놀라운 광경은 그 때가 처음이자 마지막이길 바랐다.

택시에서 내린 사람은 소야 엄마와 키 크고 옷차림이 단정한 신사였다. 소야 엄마는 얼굴이 무척 창백하고 부축을 받고 있는걸 봐서 병원에 다녀오는 길인 것 같았다.

그 다음 민희의 눈길이 머문 곳, 바로 소야 엄마의 배였다. 소야 엄마 배가 불룩한 걸로 봐서 임신 중인 것이 분명했다. 민희는 맥이 탁 풀리고 너무나 놀라 제대로 숨을 쉴 수가 없었다. 서울에 괜히 왔다는 후회가 밀물처럼 밀려왔다.

'다 내 잘못이야! 공부하러 가기 싫어도 김 선생이 꼴 보기 싫어도 가야 하는데……. 내가 소야를 꼬드겼기 때문에 이렇게 된 거야!'

소야는 달랐다. 소야는 전혀 당황하지 않았다. 기차에서 기도

했던 대로 엄마 얼굴을 봤기 때문일까? 소야는 엄마와 낯선 아저씨가 택시에서 내려 집 안으로 사라질 때까지 한순간도 놓치지 않으려고 뚫어지게 쳐다보고 있었다.

탕!

초록색 철 대문이 소리를 내며 닫히고 택시도 곧장 앞쪽으로 달려가 모습을 감추어 버렸다.

민희가 소야 손을 잡았다. 소야의 손이 뜨거웠다.

"가자!"

소야가 앞장섰다. 다행히 서울역에 도착할 때까지 소야는 침착했다. 만약 소야가 몸부림치며 울기라도 했다면 무슨 말로 위로를 해 줄 것인가? 민희는 그 말을 찾고 또 찾느라 머리가 복잡했다.

소야가 서울역 대합실 의자에 털버덕 주저앉아 한 곳에 눈길을 고정한 채 멍하니 앉아 있었다. 민희는 안다. 나오는 눈물을 참는 것이 얼마나 힘든 일인지. 엄마에게 매를 맞았을 때, 아버지가 돌아가셨을 때의 경험으로 이해할 수 있었다. 부산행 열차가 출발한다는 방송을 듣고도 소야는 꼼짝하지 않았다. 그 옆에서 민희는 숨을 가만가만 쉬며 슬픔을 같이 나누려고 애를 썼다. 마지막 열차가 출발할 시간이 가까워졌을 때에야 민희는 차표 살 돈이 없다는 사실을 깨달았다. 내려갈 차비는 소야 엄마에게서 받으려고 한 계획이 틀어져 버렸다.

"기차 떠날 시간 다 됐어!"

민희 말에 소야가 애원하듯 간절한 눈빛으로 말했다.

"미안한데… 한 번만 더… 우리 엄마 보고 가면… 안 될까? 부탁이야!"

거절하면 안 될 것 같았다.

"알았어."

민희는 모기만한 소리로 말했다.

그 날 민희는 무서운 엄마의 얼굴도, 걱정하는 민호와 민주의 얼굴도 떠올리지 않기로 마음을 굳게 먹었다. 걱정한다고 해결될 일도 아니었고, 소야의 슬픔에 비하면 너무나도 하잘것없었기 때문이다.

밖은 이미 완전히 어두워져 있었고 비는 여전히 내리고 있었다. 배에서 꼬르륵 소리가 났지만 처음부터 줄곧 멍하니 앉아 있는 소야에게 배고프다는 말을 할 수가 없었다. 시간이 지날수록 눈앞에 희미해져 오는 것 같아 마침내 소야에게 말했다.

"뭐 좀 먹자. 배고파!"

소야가 고개를 끄덕였다.

민희와 소야는 서울역 대합실에서 밤을 보냈다.

커 가는 우정

다음 날 값이 싼 가락국수로 아침을 먹고 문화촌으로 가기 위해 자리에서 일어났다. 넋이 빠진 두 소녀는 호주머니에 돈이 있는지 없는지조차 생각하지 않았다. 생각 없이 아침을 사 먹고 생각 없이 우산을 사고 문화촌 가는 버스를 탔다.

문화촌 사람들은 대문을 꼭꼭 걸어 잠그고 살았다. 열려 있는 곳이라곤 민희 엄마 집 앞 교회뿐이었다. 민희와 소야는 교회 계단에 우산을 쓰고 바짝 붙어 앉아 초록색 대문이 어서 열리길 기다리고 있었다. 그러나 굳게 닫힌 초록색 대문은 좀처럼 열릴 생각을 하지 않았다.

한참 시간이 지나서야 어제 소야 엄마를 부축하고 차에서 내린 신사가 대문을 열고 나오더니 소리 나게 닫았다. 그리고 총총히 골목길을 걸어 나갔다.

"언제 엄마가 나오실지 모르잖아. 초인종을 눌러 보자."

민희가 말했다.

소야는 아직 결정을 내리지 못한 모양인지 대답을 하지 않았다.

"여기까지 왔는데 엄마 보고 가야 되잖아?"

소야가 무표정한 얼굴로 손을 움직였다.

"엄마랑 이야기하고 싶지 않아."

"그럼 여기 왜 오자고 했어?"

"그냥."

"그런 말이 어딨어. 여기까지 왔으면 만나서 잠깐 동안이라도 이야길 하고 가야지. 안 그래?"

소야는 끝내 초인종 누르기를 거부했다. 엄마를 보지 않겠다는 결심이 선 듯했다. 그렇다면 자리를 뜨지 못하는 건 무슨 이유인가? 고개를 숙이고 투덜거리는 민희의 어깨 위에 소야의 차가운 손이 얹어졌다. 민희가 고개를 들었다. 소야가 천천히 수화를 했다.

"엄마 얼굴만 한 번 봤으면 좋겠어. 그러면 집으로 갈 수 있을 것 같아!"

민희에게 좋은 생각이 났다.

"교회 문 뒤에 서 있어. 내가 니네 엄마를 밖으로 나오시게 할 테니까!"

소야는 민희가 시키는 대로 계단을 올라가 교회 출입문 뒤에 몸을 숨기고 얼굴만 살짝 밖으로 내밀었다. 민희는 우산을 접고 용감하게 초록색 대문 앞으로 다가가 숨을 한 번 크게 내쉬었다. 그리고 힘껏 초인송을 눌렀다.

조금 후 소야 엄마의 힘없는 목소리가 들렸다.

"누구세요?"

민희는 대답을 하지 않고 또 한 번 길게 초인종을 눌렀다.

"누구세요?"

"잠깐만 나와 보세요!"

그 소리와 동시에 민희는 발소리를 죽이고 앞으로 바람처럼 달렸다. 꺾어진 골목길에 몸을 숨겼을 때 대문 열리는 소리가 들렸다. 소야 엄마가 부른 배를 한 손으로 감싸고 대문 앞에 나와 이리저리 둘러보았다.

"아이들이 장난을 쳤나?"

엄마 목소리가 또렷이 들렸다. 엄마가 집으로 들어갔다.

엄마 모습을 본 소야가 민희가 있는 곳으로 걸어왔다. 소야가 두 번 몸을 돌려 아주 잠깐 걸음을 멈추고 초록 대문을 바라보았다. 아마 소야는 그때 마음속으로 엄마에게 작별 인사를 했을 것이다. 골목을 걸어 나오는 소야의 목이 어제보다 더 길어 보였다.

버스에 나란히 앉아 서울역으로 돌아온 민희와 소야는 더 이상 이별의 아픔을 곱씹을 수 없었다. 계획 없이 돈을 써 버려 차비가 더욱 모자랐기 때문이다. 민희와 소야는 돌부처라도 된 듯 그 자리에서 움직일 수가 없었다. 모든 생각이 정지되어 무엇을 어떻게 해야 좋을지 판단이 서지 않았다.

그런데 갑자기 소야가 서울역 입구로 걸어가기 시작했다. '소야야, 어디 가? 같이 가!' 하고 싶었지만 잠자코 뒤를 따라갔다. 그 방법밖에는 민희가 할 수 있는 일이 없었다. 앞서서 걸어가는 소야의 모습은 완전히 거지였다. 긴 머리는 빗지 않아 아무렇게나 헝클어졌으며 비에 젖은 옷에 여기저기 진흙이 묻었고 후줄근했다. 민희도 마찬가지였지만.

역 밖에는 지나다니는 사람들이 많았다. 사람들 속에 섞인 소야가 갑자기 두 손을 내밀며 구걸을 시작했다. 소야는 가여운 옷차림과 눈에서 뿜어져 나오는 슬픈 눈빛으로 두 손을 내밀며 '우우…!' 벙어리만이 할 수 있는 말을 했다. 사람들의 동정을 사기에 충분했다.

민희는 아직까지 그렇게 애처로운 모습을 본 적이 없다. 민희는 소야에게 달려들어 꼭 안아 주고 싶었다. 어떤 사람들은 힐끗 소야를 보고 지나갔지만 어떤 사람들은 호주머니에서, 굳게 닫힌 핸드백에서 돈을 꺼내 소야의 손에 얹어 주었다. 잠깐 사이에 소야의 손바닥에는 마음 약한 사람들이 준 돈이 그득했다. 멀리서 소야의 모습을 바라보며 민희는 생각했다.

'내가 소야라면 저렇게 할 수 있을까?'

두 소녀는 그 돈으로 기차표를 사고, 점심을 사 먹었다. 집으로 오는 기차를 탔을 때 소야가 웃으며 말했다.

"나 같은 벙어리도 좋은 점이 있지?"

민희도 웃으려고 했다. 하지만 웃음이 나오지 않았다.

기차가 서울에서 점점 멀어져 갔다. 소야는 멀어져 가는 서울을 조금이라도 더 보고 싶은지 차창에서 눈길을 떼지 않았다.

"엄마… 안 보고 가서 슬프지?"

민희의 말에 소야가 말문이 막힌 듯 멍하니 있었다.

"무슨 이유가 있을 거야. 아빠 없이 살기 힘드시니까……."

소야의 눈에 눈물이 핑 돈다.

"그럼 니네 엄만 왜 혼자 사시니? 니네 엄마도 우리 엄마처럼 아빠가 돌아가셨잖아. 그런데도 혼자 사시잖아?"

매우 드문 일이지만 민희는 소야 엄마를 감싸는 말을 했다.

"니네 엄마는 기술이 없잖아? 우리 엄마는 돈을 벌 수 있는 기술을 가지고 있고. 니네 엄마는 우리 오빠 같은 똑똑한 아들이 있니? 없잖아."

이 말이 소야의 가슴에 지울 수 없는 상처를 만들어 줄 줄은 민희는 미처 깨닫지 못하고 있었다.

"맞아. 우리 엄마에게는 벙어리 딸, 나 하나밖에 없어!"

소야가 '헉!' 하고 숨을 몰아쉬었다.

"내 말은……."

소야 눈에서 닭똥 같은 눈물이 후두둑 떨어졌다. 민희는 가슴이 저릿했다.

"울어. 울고 싶으면……."

"울고 싶지 않아!"

"거짓말! 넌 벌써 울고 있어. 울어 버리면 좀 괜찮아질 거야. 울어!"

그제야 소야가 민희의 어깨에 얼굴을 묻고 어린 강아지처럼 소리 죽여 울기 시작했다. 민희도 울었다. 소야가 불쌍해서 울고, 밤마다 아픈 다리를 끌고 집으로 돌아오는 엄마를 생각하며 울고, 아빠가 보고 싶어 울었다. 그리고 구걸하는 소야의 애처로운 모습이 생각나서 흐느꼈다.

옆자리에 앉은 승객이 놀란 얼굴로 바라보았지만 상관하지 않았다.

엄마에게 야단맞을 각오를 단단히 하고 집으로 돌아왔다. 그런데 민호가 소야에게 악수를 청하며 말했다.

"학교에서 니 편지 보고 많이 놀랐어. 이렇게 돌아와서 기쁘다. 사실 난, 넌 서울에 남고 민희 혼자만 올 줄 알았어!"

민희가 민주에게 두 손을 올려 검지만 살짝 들어 올렸다. 엄마가 화났느냐는 표시다. 민주가 호들갑을 떨며 말했다.

"나이도 어린 게 어쩌면 간이 그렇게 크냐?"

엄마는 모든 걸 미리 알고 있었나. 엄마가 소야에게 길게 말했다.

"미리 이야기해 주고 싶었지만 모르는 게 더 나을 것 같아 지금껏 말 안 했다. 엄마가 형편이 나아지면 편지도 하고 돈도 부쳐 준다고 했으니 우리 집에 마음 붙이고 살아. 과부가 혼자 살기엔 세상인심이 너무 박해. 더구나 서울에선 더하겠지. 어린 니가 어떻게 그 설움을 다 알겠냐. 과부 맘 과부가 안다고 내나 알지, 니 팔자를 원망하지 니 엄마는 원망하지 말아라. 너도 결혼해서 살아 보면 에미 맘 다 안다."

엄마는 소야 엄마를 빌려 넋두리를 하고 있었다. 엄마의 넋두리가 소야를 울리고 민희와 민주 민호까지 울렸다.

다시 일상으로 돌아왔다. 민희는 매서운 바람을 맞으며 소꾸미로 공부하러 다녔다. 집으로 돌아오면 소야와 주로 방안에서 시간을 보냈다. 두 소녀는 벽에 기대어 앉거나 엎드려 책을 읽곤 했다. 성당 미사도 빠지지 않았다.

두 소녀는 똑같이 마음을 울리는 슬픈 이야기를 좋아했다. 『로미오와 줄리엣』을 읽은 날 밤, 두 소녀는 감동에 겨워 거의 한잠도 자지 못했다. 책 읽기가 지겨워지면 어릴 적 하던 인형 놀이를 했다.

인형 놀이는 어린 여자아이들만의 놀이가 아니라는 걸 그때 알았다. 인형 놀이가 슬픈 소야의 마음을 어루만져 주었고 시험에 대한 민희의 불안한 마음을 진정시켜 주었다.

다른 해보다 눈이 자주 내렸다. 눈 오는 날 호숫가를 산책하는 것만큼이나 낭만적인 일은 이 세상에 없을 것이다.

그날도 눈이 왔다. 사락사락 내리는 눈을 보니 공부가 되지 않았다. 그래서 소야와 함께 호숫가로 나갔다.

손에 닿을 듯 낮은 하늘에서 눈이 펑펑 쏟아졌다. 호수 위로 내리는 눈은 호수가 순식간에 삼켜 버리고, 호숫가로 내리는 눈은 하얀 눈길을 만드느라 분주했다. 나무 위에 내리는 눈은 예쁜 눈꽃을 피워 냈다.

민희가 말했다.

"우리 눈사람 만들자!"

"좋아!"

둘은 눈을 굴리기 시작했다. 금방 굴린 커다란 눈덩이 네 개로 눈사람 둘을 만들었다. 그리고 눈사람 배에다 이렇게 썼다.

민희. 소야

그러다가 눈싸움을 했고 그러다가 커다란 눈사람 앞에 벌렁 드러누워 웃음이 나오지 않을 때까지 깔깔거렸다. 웃을 일이 별로 없었지만 웃으니까 쉬지 않고 웃음이 나왔다. 나중에는 눈물까지 나왔다. 소야가 눈 위에 엎드렸다. 민희도 따라 엎드렸다. 몸뚱이는 온통 눈이었다.

"너 눈사람이니?"

"아니, 사람!"

또 깔깔 웃었다. 코에서 나오는 하얀 콧김이 우스워 눈 위를 뒹굴며 웃었다.

민희가 웃음을 뚝 그치고 말했다.

"니가 없으면 얼마나 재미없을까?"

정말 그랬다. 만약 소야가 없다면, 수도꼭지에서 쏟아지던 물이 소리도 없이 뚝 그친 것 같을 것이고, 호수에 빙 둘러선 벚나무가 밑동만 남긴 채 베어져 버린 것처럼 허전하고 외로울 것이 틀림없었다. 소야가 엄숙한 얼굴로 답했다.

"나도 가끔 그 생각 해!"

"우리 둘이는 어른이 되어서도 지금처럼 친하게 지내자."

둘은 손가락을 걸었다. 손가락 약속만으로는 어쩐지 허전했다. 민희는 문득 민주의 팔목이 생각났다. 민주는 두 살 위인 선미와 언니 동생이 되기로 약속했다. 민주와 선미는 약속의 표시로 똑같이 팔목에 문신을 남겼다. 문신은 작은 점에 불과했지만 눈만 뜨면 볼 수 있는 곳에 있어서 서로 떨어져 있어도 가깝게 느껴지는 모양이다. 가끔 민주는 팔목을 내려다보며 부산에 있는 선미를 그리워했다.

"우리 우정의 표시를 남기자!"

"어떻게?"

"우리 둘이 언제나 같이 붙어 다닐 수는 없잖아? 그래서 팔목에 우리 둘만의 표시를 하는 거야. 그래야 떨어져 있어도 서로를 생각할 수 있지."

"좋아! 니가 하는 일이면 난 무엇이나 찬성이야."

민희는 소야의 손을 끌고 집으로 돌아와 바느질꽂이에 꽂힌 바늘을 꺼냈다. 실에 먹물을 묻혀 소야 팔목을 잡았다. 소야가 가늘게 떨었다.

"무서워?"

소야가 고개를 흔들었다. 살갗에 바늘을 찔렀다. 이번에는 소야가 민희의 팔목에 문신을 새겼다. 오른쪽 팔목 똑같은 곳에 똑같은 크기의 작은 점이 선명하게 새겨졌다. 두 아이는 서로의 팔목에 새겨진 문신을 보며 변하지 말자고 우정을 다짐했다.

민희는 한 가지 일에 몰두하면 다른 일은 소홀히 하는 성격이었다. 소야와 노느라 입시 공부에 매달릴 수 없었고, 나중에는 소야만 놔두고 공부할 수 없어 마냥 놀았다. 나중에 민희가 중학교 시험에 떨어졌을 때, 엄마는 소야를 데리고 온 일을 후회했지만 민희는 소야를 원망하는 마음이 털끝만치도 없었다.

로미오가 될 수 없는 빠로

　민희와 초등학교에 같이 다닌 수영이라는 여자아이가 있었다. 피부가 눈처럼 하얗고 입술 왼쪽에 까만 점이 있는 아이였는데 긴 머리를 늘 예쁜 리본으로 묶고 다녔다. 수영이는 성적이 뛰어나게 좋거나 아이들 앞에 나서기를 좋아하는 아이도 아니었는데 6학년 졸업할 때까지 내내 부반장이나 반장을 했다. 겉으로는 부끄러움을 많이 타는 것처럼 보였는데 실제로는 그렇지 않았다.

　초등학교 6년 내내 학급 임원을 한 이유가 6학년이 되어서야 아이들 입에 오르내렸는데, 그 이유는 남자아이들에게 인기가 많았기 때문이라고 했다. 그리고 한 가지 사실을 더 알았는데 남자아이들은 부끄러움을 많이 타는 여자아이를 좋아한다는 것이다.

　"수영이 걔 부끄럼 안 타. 내가 알아."

　뚱뚱한 정민이가 발을 구르며 말했지만 그런 건 소용이 없단다. 남자들은 여자들보다 어리석어 겉만 보고 속은 들여다볼 줄 모른다고 언니를 여섯이나 둔 상미가 자신 있게 말했다. 그런 수영이가 느닷없이 민희를 호수로 불러냈다. 수영이가 찾아온 것도 놀라운 일이었지만 수영이 입에서 나온 말은 민희를 더 놀라게 했다.

"빠로네 집 전화번호 좀 가르쳐 줘."

민희가 재미있다는 듯 눈을 반짝이며 대답했다.

"빠로네 집 전화 없어. 걔네 부자 아니야."

"그럼, 너한테 부탁하는데……."

수영이는 토요일, 아래 장터에 있는 '못잊어' 빵집으로 빠로를 데리고 나오면 빵값이 얼마가 나오더라도 자기가 낼 것이며, 빵을 다 먹고 나면 민희는 일이 있는 척 먼저 가주면 좋겠다는 말을 부끄럼 없이 종알댔다. 민희는 은근히 부아가 치밀어 올라 수영이 말을 다 듣지도 않고 말했다.

"그런데 니가 왜 빠로를 만나야 하는데?"

"너 빠로 옆집에 살면서 걔가 얼마나 여자 애들에게 인기가 있는지 몰랐단 말이야? 등잔 밑이 어둡다는 속담이 맞네. 빠로 걔 얼마나 멋있게 생겼니? 자세히 봐봐."

빠로의 얼굴이 떠올랐다. 민희는 빠로가 중학생이 되면서부터 단정해졌구나 하는 느낌만 있었지 멋있다는 생각은 꿈에도 해보지 않았다.

"여자애들이 빠로와 사귀고 싶어 난리야."

수영이가 전해 준 말은 민희에게 충격이었다.

"난 그런 일 못 해. 하고 싶으면 니가 직접 해."

민희는 얼음처럼 차갑게 말하고 집으로 와 버렸다. 책상 앞에 앉아 가만히 생각하니 빠로가 민희네 집에 오지 않은 지 꽤 오래된 것 같았다. 소야에게 물었더니 소야도 그렇다고 대답했다.

"니네들 쪽지 주고받잖아?"

"그거 그만둔 지 오래야. 내가 세례받을 때까지만 주고받기로 했거든."

그날 오후 민희는 빠로네 집에 일부러 책을 빌리러 갔다. 그런데 전처럼 '빠로야!' 하고 크게 목소리가 나오지 않았다. 대문 앞에서 주춤거리다 목소리를 겨우 가다듬고 부드러운 목소리로 빠로를 불렀다. 조금 후, 하얀 털 스웨터를 입은 빠로가 대문을 열어 주었는데, 민희는 '아!' 하고 탄성을 지를 뻔했다. 수영이가 비싼 빵값까지 내면서 빠로를 만나게 해 달라는 말에 이해가 갔기 때문이다. 빠로 방에 들어가서도 괜히 부끄러워 눈을 어디에 둘지 몰라 허둥대기만 했다. 그래도 빠로 얼굴을 실컷 쳐다보았는데 코 밑에 민호처럼 수염이 나려고 검은 솜털이 자리를 잡고 있었다.

"무슨 책 빌려 갈래?"

빠로가 물었을 때 민희의 입에서 튀어나온 말은 오래전에 읽은 『로미오와 줄리엣』이었다.

"어, 나한테 있어. 찾아줄게."

빠로가 등을 보이고 책을 찾는 동안 민희는 수영이의 부탁을 잘 거절했다며 통쾌해했다. 그리고 빠로의 옆집에 살며 어릴 때부터 단짝이었다는 달콤한 행복감에 젖어 있었다. 게다가 빠로는 민희를 위해 꽃가마까지 만들어 주지 않았던가. 비록 어릴 때 이야기지만.

책을 건네주는 빠로의 손은 하얗고 손가락이 길었다. 여자 손처럼 예쁜 빠로의 손을 한 번 만져 보고 싶었다. 빠로에게 책을 받아 집으로 돌아오며 민희는 아주 오래전부터 빠로를 좋아했다는 사실을 깨달았다.

민희가 빌려 온 책을 보여 주자 소야가 웃으며 말했다.

"이 책 읽었잖아."

민희가 웃으며 말했다.

"로미오가 좋아서 또 읽고 싶어."

민희는 김 선생이 해 오라는 숙제는 뒤로 밀쳐 두고 책을 읽기 시작했다. 전에 읽었을 때보다 더 슬퍼서 책 위에 눈물까지 뚝뚝 떨어뜨렸다. 그날 밤 로미오의 꿈을 꾸었다.

꿈에서 로미오는 빠로였다. 꿈에서는 망설이지 않고 빠로의 손을 잡고 호숫가 벚나무 주위를 빙빙 돌고, 풀밭에 아주 가까이 앉아 오순도순 이야기를 나누었다. 그러다가 훌쩍 자라 연지곤지 찍은 민희가 꽃가마를 타고 빠로네 집에서 나와 민희네 집을 지나 호수로 향했다. 이런 비슷한 꿈을 닷새 동안 누 번 꾸었다.

하루에 한 번씩 빠로네 집에 가고 싶었지만 꾹 참았다.『로미오와 줄리엣』을 돌려주기 싫었다. 왜 그런지 오래오래 간직하고 싶었다.

내일이 토요일, 수영이가 누구에게라도 부탁을 해서 빠로를 '못잊어' 빵집으로 불러낼 것 같았다. 또 빠로도 예쁘고 공부 잘하는 수영이가 불러내니까 거절할 것 같지 않았다. 조바심이 난 민희는 금요일 오후, 용기를 내어 빠로를 호숫가 벚나무 아래로 불러냈다.

민희가 약속시간보다 먼저 호숫가로 나갔다.

겨울 날씨답게 쨍 소리가 나도록 추웠다. 호수엔 살얼음이 살짝 얼어 있었다. 민희는 언덕을 내려가 발로 살얼음을 깨며 말로 표현할 수 없는 즐거운 기분에 젖어 있었다. 마침내 빠로가 왔다.

"야, 무슨 일인데 이런 추운 곳으로 나오라고 했냐?"

정말 그랬다. 무슨 일로 빠로를 추운 호숫가로 불러냈을까? 민희는 이유를 찾느라 안간힘을 썼다. 그렇다. 바로 그걸 말하면 되겠다.

"있잖아. 너 초등학교 때 수영이 알지. 6학년 때 우리 반 반장했던 애."

"응, 알아. 얌전하고……."

"그 애 남자아이들한테 인기 많다며?"

이건 쓸데없는 말이다. 민희도 알았다. 하지만 생각과 관계없이 먼저 나오고 말았다.

"그게 어째서?"

"아니, 뭐, 아이들이 그래서. 그런데 있잖아. 얼마 전에 수영이가 날 찾아와서 너하고 같이 못잊어 빵집에서 만나자고 하더라. 그 말 전해 주려고. 그 애하고 어울려도 나쁘지 않을 것 같아서……."

민희는 자기가 수술하기 전의 민호처럼 말을 더듬고 있다는 걸 발견했다. 자신이 없었기 때문이다. 민호도 찢어진 입으로 말이 이상하게 튀어나올까 봐 자꾸 더듬거리게 된다고 민희에게 살짝 말했었다. 지금 민희가 그렇다.

빠로가 심각하게 입을 열었다.

"민희야, 난 그런 일로 시간을 낭비하고 싶지 않아. 공부하면서 성당 복사까지 하니까 무척 힘들어. 난 이다음에 신학교 가서 신부가 될 거야. 그게 내 꿈이야!"

세상이 얼음처럼 굳어 버린 것 같았다. 버드나무 잔가지도 꼼짝하지 않았고, 발밑의 살얼음도 사각거리지 않았으며, 민희의 입도 달싹하지 않았다. 살아 움직이고 있는 건 빠로밖에 없었다.

"아버지도 어머니도 내가 배 속에 있을 때부터 신부가 되게 해 달라고 하느님께 기도드렸대. 어릴 때부터 나도 그렇게 생각했는데 중학교에 들어오면서 마음이 흔들리기 시작한 거야. 내가 과연 신부가 될 수 있을까? 미사 시간에 꾸벅꾸벅 졸고, 장난을 쳐서 신부님께 야단맞는 내가. 신부가 되려면 착한 사람이 되어야 하는데, 난 자신이 없었어. 엄마가 사춘기라서 그럴 거라고 말씀하셨어. 사춘기는 자신을 돌아보는 시기라고 하시며 내가 진짜 무엇이 될 것인가 잘 생각하고 기도하라고. 그러면 하느님께서도 응답해 주실 거라고. 엄마 말이 맞았어. 얼마 전에 난 하느님의 응답을 들었어. 하느님께서 나를 하느님의 심부름꾼으로 쓰고 싶대. 그래서 꼭 신부가 되겠다고 결심했어. 전에는 그렇지 않았는데 그때부터 차츰 마음에서 우러나오는 기도를 하게 돼. 완벽하게 그렇다고 할 순 없지만 어쨌든 신부가 되는 길은 어렵고도 어렵대. 우리 성당의 신부님도 그렇게 말씀하시고 수녀님도 그러셨어. 하지만 난 그렇게 생각하지 않아. 끊임없이 기도하고 나쁜 생각이 마음속에서 자라지 못하도록 노력하다 보면 나도 모르게 신부가 되어 있을 거라고 믿어. 난 성경도 많이 읽어야 해. 사람은 아는 것만큼 이해할 수 있고 남에게 알릴 수 있거든……."

민희는 빠로의 입에서 나오는 이야기를 한마디도 놓치지 않으려고 귀를 기울였다. 예전에 얕잡아 보던 빠로가 아니었다. 빠로는 오래 사귄 민희나 민희네 집에 곁 식구로 들어온 소야를 차별하지 않고 똑같은 친구로 대하는 너그러운 아이였다.

말 못 하는 소야를 무시하거나 업신여기는 태도는 한 번도 보이지 않았으며 심지어 불쌍한 소야의 영혼을 위하여 라일락 나뭇가지에 성당으로 인도하는 쪽지를 써서 끼워 놓을 정도의 자상함까지 가진 아이였다. 빠로라면 가난한 집이나 부잣집이나 가리지 않고 골고루 햇볕을 보내 주는 해님처럼 가난한 사람이나 부자나 장애인이나 죄인을 차별하지 않고 똑같이 사랑하는 훌륭한 신부가 될 수 있을 거라고 민희는 자신했다. 그리고 빠로는 자신의 로미오가 될 수 없다는 사실도 분명히 깨달았다. 빠로는 민희, 한 사람만의 로미오가 되기보다는 많은 사람의 로미오가 되는 것이 훨씬 더 어울리는 아이였다.

변명

시험이 코앞에 다가왔다. 민호는 대학교, 민희는 중학교 시험을 봐야 했다. 엄마는 두 사람의 합격을 은근히 확신하는 눈치였다. 오빠는 학교 선생들이 합격을 장담했다.

민희 또한 가르친 아이들마다 척척 시험에 붙었다는 김 선생에게 과외를 받았기 때문에 이미 합격증은 받은 것이나 다름없다고 엄마는 믿었다.

소야가 민희네 집에 오지 않았다면 과외 공부는 오르지 못할 나무였다. 공부 잘하는 오빠와 언니가 있었지만 시시때때로 마음이 변하는 민희를 책상 앞에 앉혀놓고 가르칠 만한 능력은 되지 않았다. 그런 의미에서 소야는 굴러온 복이었다. 소야 엄마가 다달이 부쳐 주는 하숙비가 민희의 과외비였다.

그러나 엄마의 야무진 기대를 민희가 그만 산산조각 내 버렸다. 민호는 다들 부러워하는 서울의 일류 대학에 가볍게 합격했지만 민희는 그만 또 떨어지고 말았다.

"아이구, 창피해서 어떻게 얼굴을 들고 다닐까. 과외 한다고 소문은 다 났지, 남들은 과외 안 하고도 척척 잘도 붙는 시험을……. 창피해서 어떻게 얼굴을 들고 다니나?"

엄마는 크게 낙심을 해서 식사도 하지 않고 양장점에도 사흘을 안 나갔다. 속이 상한 건 민호도 민주도 마찬가지였다. 그러나 정말 속이 상해서 병이 나야 할 사람은 민희지 엄마도 민호도 민주도 아니었다. 민희는 말없이 자고 말없이 밥알을 세며 밥을 먹고 말없이 벽에 기대어 앉아 있다가 새우잠을 자곤 했다.

차분히 지난 일 년을 되돌아보면 불합격이 정상이었다. 어느 학교나 합격증은 노력하는 사람에게 돌아가야 한다. 노력하지 않은 사람은 당연히 시험에 떨어져야 한다. 시험에 떨어진 사람들은 차분히 지난 일을 반성하고 다시 시작해야 한다. 그런데도 불구하고 시험에 떨어진 사람들은 자신의 나태함을 반성하지 않고 주위 사람들이나 제도가 잘못되었다고 원망하며 절망 속의 늪에 빠져 허우적거리기 일쑤다. 그 점은 민희도 마찬가지였다.

민희가 아파치 클럽에 재미를 들이면서 낭비한 시간이 그 얼마며 소야와 함께 괴로움을 나눈 시간 또한 적지 않다. 여기에 빠로 때문에 허비한 시간도 합해야 한다. 솔직히 말해서 제대로 공부한 시간이 별로 없었다. 게다가 시험에 꼭 합격해야겠다는 의지도 노력도 부족했다.

김 선생도 민희가 소야와 서울로 가기 바로 전날 선본 남자와 결혼 이야기가 무르익어 갔기 때문에 가르치는 의욕이 많이 떨어졌다. 김 선생 입장에서 보면 가르치던 아이가 시험에 떨어졌다 해도 자신에게는 큰 아픔이 아니었다. 민희가 불합격했다는 소식을 들었을 때 김 선생이 한 말을 보면 알 수 있다.

"내 그럴 줄 알았지!"

그럴 줄 알았으면 야단을 쳐서라도 가르치고 부족한 부분은 보충해 주었어야 했다. 그래도 민희가 따라오지 못한다면 가르치는 일을 그만두었어야 했다.

어쨌든 민희가 김 선생의 새 옷에 수정과를 쏟아 버린 날, 민희가 일찍 도망쳐 나오지 않았다면 김 선생의 혼담은 깨졌을지도 모른다. 그날 김 선생이 점잖은 옷으로 갈아입고 갔기 때문에 남자가 마음에 들었다고 중매쟁이가 나중에 전해 주었다. 결과를 놓고 볼 땐 민희가 김 선생 옷에 수정과를 쏟은 건 잘한 일이었다. 사실 그 날 김 선생의 옷차림은 민희 눈에도 거슬렸다. 속옷이 훤히 비치는 옷이라니.

김 선생은 선을 보기 전과 후가 너무나 달랐다. 선을 보기 전에는 민희를 들들 볶으며 공부를 가르쳤다. 김 선생은 수학이 가장 중요하다고 입버릇처럼 말했다. 그래서 매일 산더미처럼 많은 문제를 내준 다음 계산 과정에 맞게 빨리 풀되 정확한 답이 나오길 원했다. 수학을 제일 싫어하는 민희가 더듬거리며 풀거나 답이 틀릴 때 김 선생은 항상 '다시 처음부터 천천히 풀어!'였다. 하지만 결혼 이야기가 익어 갈 무렵부터 김 선생의 태도는 완전히 달랐다. 답이 틀리면 민희 옆에 바짝 붙어 앉아 신경질적으로 문제를 풀어나가며,

"왜 이렇게 되는지 알지? 이래서 이렇게 되는 거야. 생각 좀 해라. 응?"

하고 냅다 신경질을 내다가 그냥 지나가기 일쑤였다. 또 문제를 풀이하는 속도가 너무나 빨라 도대체 왜 그런 답이 나오는지 민희는 도통 이해되지 않았다.

"모르면 질문해!"

정말 모르는 문제를 질문하면 김 선생은 화부터 냈다.

"이 문제를 모른다고? 저번에 푼 문제잖아! 오늘 약속 있단 말이야. 꾸물거리지 마. 알았어?"

김 선생은 절대 매로 때리진 않았지만 짧은 혀로 마음을 아프게 했다. 점수를 잘못 받아 눈물을 뚝뚝 흘리면,

"그쳐, 꼴 뵈기 싫어!"

하고 꽥 소리를 지르며 자존심을 상하게 했다.

"복습을 해야지 복습을. 보나마나 가방에 바람 들어갈까 봐 책상 위에 얌전히 모셔 놓았다가 아침에 그냥 들고 왔겠지."

이 말은 공교롭게도 틀린 말은 아니었다. 민희가 그동안 얼마나 바빴는가. 공부보다 더 중요한 일이 끊임없이 일어났기 때문에 예습은커녕 복습할 시간조차 없었다.

사실 민희는 수학도 못 했지만 사회도 점수가 오르지 않았다. 사회는 거의 우리나라 역사였는데, 사건이 강물처럼 연달아 일어나 헷갈릴 뿐만 아니라 그 사건과 관련된 인물이 많아 외우기가 무척 힘들었다.

'신유사옥, 정묘호란, 신사무옥… 시일야방성대곡, 유형원, 홍익한……'

평소에 민희는 한글을 만든 세종대왕을 무척 존경했다. 그러나 이룬 업적이 많아 골치가 아팠다. 오죽하면 '조선의 2내 임금인 정종처럼 사셨으면 이렇게 외우느라 힘들지 않을 텐데,' 하고 불

평가지 했을까.

시험이 내일모레로 다가오자 그때야 정신이 번쩍 들었다. 차마 고3인 민호에게 모르는 문제를 가르쳐 달라는 말을 할 수가 없어 민주에게 문제집을 들고 갔다.

"이렇게 쉬운 문제도 못 풀어? 너 과외 헛했구나!"

민주가 대뜸 야단을 치더니 김 선생보다 더 빠르고 어렵게 가르치기 시작했다. 친절했던 모습은 온데간데없었다.

"이게 이거잖아? 이럴 땐 여기서 빌려 와야 하는 거야. 여기서 빼면 되고, 이건 여기에 쓰고……."

눈알이 뱅글뱅글 돌 지경이었다.

"좌변에서 우변으로 가져오는 거야. 지금 구하려고 하는 게 엑스잖아. 엑스 세제곱은……."

민주는 초등학교 공부를 고등학교 식으로 가르쳤다. 설명이 끝나면 아주 어려운 문제를 냈다. 민희가 풀지 못하는 건 당연했다.

"너 내 동생 맞니?"

완전히 우수리 취급했다. 그러잖아도 민희가 자신에게 실망해 있는데 민주가 이렇게 나오니 은근히 화가 났다. 그래서 엉덩이에 뿔 난 송아지처럼 대들었다.

"그래, 난 언니 동생 아냐. 나는 우수리라고. 이제 됐어?"

"그래 됐다. 문제집 가지고 꺼져!"

"안 그래도 꺼지려고 그래. 공부 좀 잘한다고 되게 잘난 체하네!"

문제집을 주섬주섬 들고 방문을 소리 나게 닫으며 또 한 번 소리를 질렀다.

"잘 먹고 잘 살아라!"

"그래 잘 먹고 잘 살 테니 걱정하지 마!"

민주에게 배우는 공부는 늘 이런 식으로 끝났다. 민주는 언니라는 힘으로 민희를 바위처럼 누르고, 날카로운 말로 자존심을 찢어놓고, 쉬운 문제를 혼란스럽게 만들고, 나중에는 벌벌 몸이 떨릴 정도로 흥분하게 만들었다.

방으로 돌아온 민희는 문제집을 냅다 던져 버리고 분해서 울었다.

"민희야, 울지 마!"

위로하는 소아에게 민희가 분풀이를 한다.

"넌 좋겠다. 언니도 없고, 오빠도 없어서, 나도 혼자였음 좋겠어. 혼자가 최고로 좋아."

민희는 소아에게 아픈 말인 줄도 모르고 계속 주절거렸다. 소아는 오빠도 있고, 언니도 있고, 자식들을 위해 뼈 빠지게 일하는 엄마를 둔 민희가 부러웠다.

불합격이 사람들의 마음속 생각을 알게 해주었다.

민호는 어린 여동생이 받을 고통이 안타까워 민희가 좋아하는 '못잊어 빵집' 빵을 열 개나 사 주며 위로했다.

"다시 해보는 거야! 까짓것 한 해 더 늦으면 어때. 그래도 넌 재미있는 일은 다 해봤잖아. 이 오빠도 들어가지 못하는 아파치 클럽에 들어가서 신나게 놀았고, 서울로 가출도 해봤잖아. 얼마나 멋지게 사춘기를 즐겼냐? 그런 경험은 돈 주고도 못 해. 나 봐라, 나. 어린 시절은 이 입술 때문에 죽은 듯이 살았고, 중학생이 되면서부터 책상 앞에 앉아 공부밖에 더했니? 그에 비하면 넌 눈부신 경험을 한 거야. 그러니까 이제부터 제대로 공부하는 것처럼 해 봐. 넌 머리가 나쁘지 않아. 단지 노력을 하지 않았을 뿐이야."

민호가 어루만져 준 괴로움을 민주는 반대로 더 크게 부풀려 주었다.

"민희는 공부에 관심 없어. 공부하기 싫으면 취직해서 돈 벌어야지. 나보다 돈 먼저 벌어 좋겠다!"

민희는 평생 민주와 말을 하지 않기로 결심했다. 동생을 위로해 주지는 못할망정 더 힘들게 하다니. 얼굴도 마주하기 싫었다.

그 시절, 민희는 하나는 알고 둘은 모르는 철부지였다. 그 사람에 대한 사랑을 쉽게 말이나 행동으로 표현하는 사람이 있는 반면, 속으로는 사랑하면서 마치 사랑하지 않는 듯 쌀쌀맞게 대함으로써 자기의 잘못을 깨닫도록 하는 사람이 있는 걸 몰랐다. 바로 민주가 후자에 속했다. 민주는 민희의 불합격 소식을 듣는 순간 가슴이 쿵 소리를 냈다.

'내가 열심히 가르치지 못했어. 구박이나 주고, 내 탓이야!'

빠로는 하느님의 말씀을 인용해 가며 위로의 긴 편지를 보냈고, 소야는 말없이 민희의 기분을 살폈다. 민희는 가족들 대하기가 창피했지만 제일 마음에 걸리는 사람은 바로 빠로였다. 빠로를 생각하면 창피한 생각이 들어 쥐구멍에라도 들어가고 싶었다. 그래서 빠로 집 앞을 지나갈 일이 있으면 일부러 멀리 돌아서 갔다. 빠로가 보이면 얼른 몸을 피했다.

민희의 마음을 제일 아프게 한 사람은 엄마였다. 엄마는 한 번의 잔소리로 끝나지 않았다. 아침 밥상머리에서부터 잠자리에 들 때까지 계속 화를 뿜어냈다. 민희는 엄마의 입을 통해서 어렸을 때 저지른 잘못을 죄다 들었다. 엄마는 기억력이 좋았다. 민희도 기억하지 못하는 잘못을 하나씩 들추어 가며 시험에 떨어진 죄를 묻고 또 물었다.

오죽하면 민호가 민희 편을 들었다.

"엄마, 이제 그만하세요. 민희가 사춘기라서 그래요."

"이 세상에서 지 혼자만 사춘기를 겪는다냐? 그놈의 사춘기 유별나기도 하다!"

엄마의 잔소리가 시작되면 민희는 집을 나섰다. 민희가 호숫가를 걸으면 소야는 그 뒤를 따랐다. 민희가 웃옷을 걸치지 않았으면 스웨터를 입혀 주었다. 그러고 언젠가 민희가 한 말을 똑같이 했다.

"실컷 울어! 그러고 다시 시작해. 아직 시간이 많잖아?"

그땐 왜 몰랐을까!

지금 와서 생각해 보면 너무나 어리석은 자신이 미웠다. 중학교 시험이 인생의 끝이 아닌데, 왜 그때는 끝이 났다고 생각했을까? 공부를 하고 싶지도 않았으면서 왜 그렇게 몸부림쳤을까? 왜 소야 입장을 눈곱만큼도 생각하지 않았을까? 소야도 같은 열네 살인데. 얼마나 중학교에 다니고 싶었을까? 소야를 장애인 학교에 못 가게 만든 건 엄만데 왜 엄마는 민희가 중학교에 떨어진 건 두고두고 한탄하면서 소야가 중학교에 못 간 건 단 한 번도 마음 아파하지 않았을까? 그때 생각을 하면 사십 년이 지난 지금도 눈물이 흐른다.

민호의 대학교 합격 통지서를 받던 날 엄마가 눈물을 흘리며 한 말이 민희가 중요한 결심을 하는 데 결정적인 역할을 했다.

"우리 집에서 민희만 중학교 교문도 못 들어서게 되었구나. 이럴 줄 알았으면 과외 시키는 돈으로 우리 민호 맛있는 고기라도 실컷 사 먹일걸. 말이 났으니 말이지 소야만 집에 안 데려왔어도 이 지경까지는 오지 않았을지 모른다. 하라는 공부는 않고 주야로 소야와 붙어서 놀았으니 시험에 붙을 수가 있나?"

엄마는 말 못하는 장애를 가지면 듣지도 못하는 줄 안다. 그래서 소야가 옆에 있든 말든 하고 싶은 말을 다 쏟아 놓는다. 소야가 입술 모양을 보고 상대방이 무슨 말을 하는지 다 아는 줄 엄마는 모른다. 민희가 소리쳤다.

"시험에 떨어진 게 왜 소야 잘못이야? 내 잘못이지. 엄마는 양심도 없어? 소야 중학교 못 가게 한 건 엄마잖아. 남의 딸 중학교 못 가게 해 놓고 엄마 딸 중학교 못 간 것만 속상해? 그런 법이 어딨어. 내가 공부 못해서 시험에 떨어졌는데 왜 소야 핑계를 대? 다시는 소야 때문이라고 말하지 마!"

엄마 얼굴이 하얗다. 입술빛까지도.

"오냐, 다시는 너 듣는 데 그 말 안 하마. 낳아 준 지 에미보다 친구가 더 좋은 딸년 앞에서 내가 무슨 말을 더할까!"

"맞아. 난 엄마보다 소야가 더 좋아!"

민희는 문간방으로 돌아와 벽에 기대고 앉아 무릎에 얼굴을 파묻었다. 뒤늦게 방으로 온 소야가 민희 앞에 무릎을 꿇고 앉아 손으로 민희의 얼굴을 들어 올린 후 눈물이 크렁크렁한 눈으로 민희의 눈물을 닦아주었다.

안녕, 내 친구

민희 가슴에서 햇빛이 사라졌다. 추운 1월부터 아카시아 향기가 코를 찌르는 5월 중순이 될 때까지 민희의 가슴은 온통 흐린 잿빛이었다. 대학생이 된 민호가 서울로 갔기 때문에 집안이 더욱 더 쓸쓸했다. 집안 형편을 생각한 민주는 장학생이 되기 위해 아침 일찍 학교에 갔다가 도서실에서 공부한 후 밤늦게 집으로 돌아왔다.

민희도 앞일이 어떻게 되든 공부는 해야 했다. 당장 할 수 있는 일이 공부밖에 없었기 때문이다. 엄마는 이제 과외를 시켜 줄 수 없으니 공부를 하든 말든 마음대로 하라고 했다. 혼자서 공부하기는 어려운 일이었다. 모르는 문제가 나오면 책을 붙잡고 씨름하기가 싫었다. 공부를 하지 않아도 잔소리하는 사람이 없으니 눈치 볼 필요도 없었다.

소야가 다시 집배원 아저씨를 기다리기 시작했다. 서울에 다녀온 후 엄마 편지는 기다리지 않는다. 소야는 민호 편지를 기다렸다. 소야 엄마에게서도 편지가 오긴 했다. 2월 언젠가부터 띄엄띄엄 오기 시작했는데 소야는 뜯어보지 않고 그대로 종이 상자에 넣어 두었다.

민호는 언제나 두 통의 편지를 보냈다. 하나는 소야, 다른 하나는 민희 것이었는데 엄마와 민주의 소식까지 다 묻고도 내용은 소야 편지보다 짧았다. 소야는 민호가 보낸 편지를 민희가 보면 부끄러운 모양이었다. 편지가 와도 곧바로 뜯지 않고 얌전히 책상 서랍에 넣어 두었다가 혼자 있을 때 조용히 보는 것 같았다.

민희는 점점 말없는 아이가 되어 갔다. 여럿이 있는 것보다 소야와 단둘이 있는 게 좋았다. 하지만 더 좋은 건 혼자 있는 시간이었다. 다른 사람들의 수레는 큰길로 다 잘 가는데 자신의 수레만 아무도 다니지 않는 좁고 험한 길로 가는 것 같은 생각이 민희를 괴롭혔기 때문이다. 소야도 혼자 있는 시간을 즐겼다. 민희가 공부를 하면 혼자 호숫가를 걷거나 햇빛 환한 마루에 앉아 다리를 까닥거리며 시간을 보내거나 민호의 편지를 읽거나 책을 읽었.

소야는 민호가 소풍 갔을 때 사다 준 소라고둥을 이따금 꺼내 불었다. 소라고둥 소리는 낮보다는 밤이 훨씬 듣기 좋았다. 창문을 활짝 열고 몸을 반쯤 내밀어 별이 총총한 하늘을 향해 소라고둥을 길게 불곤 했다.

부우 부우웅~

소라고둥 소리는 낮고 은은했다. 민희는 소라고둥 소리가 좋았다. 그 소리 속에는 끼룩거리는 갈매기의 울음과 쏜살같이 달려와 물거품만 남기고 돌아가는 파도 소리가 들어 있었다. 그 소리를 듣고 있으면 끝없는 수평선과 아름다운 저녁놀이 눈앞에 그려져, 민희는 벌써 바닷가로 달려가 모래사장을 맨발로 걷고 있었다.

이 방법 저 방법 다 써 봐도 답이 맞지 않는 수학 문제는 문제집을 탁 덮게 만들었다. 그런 날은 뒤도 돌아보지 않고 소야를 끌고 호수로 나갔다. 튼튼한 벚나무 가지에 앉아 잔잔한 호수와 저 멀리 정답게 어깨동무를 하고 있는 낮은 산을 바라보고 있으면 가슴이 뻥 뚫리듯 상쾌했으며 푸른 하늘과 맑은 공기가 포근하게 몸을 감싸 줘서 행복했다.

드디어 운명의 날이 밝았다. 그 날은 지금까지 본 하늘 중에서 제일 푸르게 느껴졌으며 공기도 더할 수 없이 맑아 저절로 콧노래가 흘러나올 정도로 상쾌했다.

"소야야, 우리 냇가에 빨래하러 갈래?"

"좋아. 빨래하기에 아주 좋은 날이야!"

소야가 웃으며 손짓했다.

둘은 바빠졌다. 소야가 걸레로 마루를 닦고 민희는 마당을 쓸었다. 서울에 다녀온 후부터 소야는 민희네 집 가정부가 되기를 자청했다. 엄마도 딱 부러지게 말하지 않았지만 소야가 설거지나 청소를 해도 말리지 않았다. 민주의 몫인 물지게로 수돗물을 져

나르는 일도 소야 차지가 되어 버렸다. 뒤늦게 깨달은 민희는 어떤 일이나 소야와 같이 하려 했다. 그래서 그날 아침도 소야와 일을 나누어 하고 있던 참이었다.

엄마가 출근하려고 신발을 신으면서 물었다.

"민희 넌 언제 공부할래?"

"조금 있다."

"조금 있다 언제?"

민희는 대답할 말을 찾지 못해 가만히 있었다.

"마당 쓸고 공부할 거야?"

"아니, 소야랑 빨래하러 갈 거야."

"뭐? 빨래 씻으러 간다고? 원 세상에! 친구 따라 강남 간다더니 니가 바로 그 짝이다."

엄마 얼굴에 노여움이 가득했다. 엄마는 기가 차는지 말을 몇 번 더듬거리다가 그동안 참았던 화를 폭포처럼 쏟아 내기 시작했다.

"빨래는 소야가 하고, 넌 공부나 해!"

민희는 엄마가 야속해서 숨을 제대로 쉴 수가 없을 지경이었다.

"엄마, 소야가 우리 집 일하는 애야?"

민희는 두 발을 꽝꽝 구르며 엄마에게 내둘였다. 엄마도 말을 실수했다고 깨달았는지 대답을 피했다. 하지만 민희를 향한 노여

움은 풀어지지 않았다.

"난 니가 어떻게 하든 지금까지 참으며 보고만 있었다. 시험에 떨어졌으면 너도 깨달은 게 있을 거라고 생각했어. 너 도대체 뭐가 되려고 이러는 거야? 적어도 중학교는 나와야 사람 대접 받는다고 내가 몇 번이나 말했어? 너도 중학교에 가고 싶지? 그러면 공부를 해야지, 공부를. 공부보다 설거지하고 청소하고 빨래하는 게 더 좋으면 지금 당장 부잣집 식모로 가. 내가 알아 봐 줄 테니까."

"소야랑 청소하고 빨래하고 난 뒤에 공부해도 되잖아. 소야는 일하는데 어떻게 나 혼자 책상 앞에 앉아서 공부를 해? 엄만 어쩌면 그렇게 인정머리가 없어?"

엄마가 차가운 바람 소리를 내며 민희 앞을 지나 대문이 부서질 정도로 세게 닫고 사라져 버렸다. 민희는 어찌할 바를 몰랐다. 무언가로 세게 머리를 얻어맞은 것처럼 머릿속이 멍멍했다.

한참을 그렇게 서 있다가 빗자루로 마당을 싹싹 쓸었다. 손에 힘이 들어갔기 때문에 빗자루 소리가 요란했다. 민희는 한참 동안 비질을 하며 치밀어 오르는 분노를 삭이려고 애를 썼다. 그 날은 주위가 유난히 조용했다. 빗자루 소리뿐 다른 소리는 들려오지 않았다. 이 세상에 아무도 없이 혼자 있는 느낌이었다.

문득 호수에 가고 싶었다. 소야를 찾았다. 그런데 소야의 모습이 그 어디에도 보이지 않았다.

'호숫가에 갔나? 나하고 같이 가지! 혹시 엄마가 하는 말……'

급히 대문 밖으로 나왔을 때 문득 소라고둥 생각이 났다. 소야의 옷장을 열고 옷장 문에 걸어 둔 소라고둥을 목에 걸었다. 참담한 마음으로 빛깔 고운 호수로 나와 늘 오르던 벚나무 가지에 걸터앉아 고개를 젖혔다. 키다리 벚나무라 하늘이 보이지 않았다. 갑자기 나무 위에 혼자 갇혀 버린 것 같은 착각이 민희를 두렵게 만들었다.

그 때 엄청난 일을 저지른 건 조금 전에 들은 엄마의 매서운 꾸중 때문이 아니었다. 식모살이를 보내겠다는 엄마의 협박 때문에 생긴 분노도 아니었다. 소야를 민희와 다르게 대하는 엄마의 이기심에 화가 난 것도 아니었다. 그건 짧은 시간에 일어난 민희의 환상 때문이었다.

민희는 굵은 가지에 등을 기댄 채 소라고둥을 길게 불고 또 불었다. 소라고둥 소리가 나뭇잎 사이로 멀리멀리 퍼져 나갔다. 민희는 소라고둥을 불면서 자신의 운명을 저주했다.

2년 전 중학교 시험을 앞둔 중요한 시기에 국회의원 선거 운동에 뛰어든 엄마가 밉고, 엄마에게 세 아이를 맡기고 혼자 하늘나라로 훌쩍 떠나 버린 아버지도 미웠다. 동생보다 소야를 더 좋아하는 민호도 그랬으며 동생이야 어떻게 되든 자기 길을 가는 민주도 미웠다. 꽃가마까지 만들어 주며 시집오라던 빠로도 하느님과 더 친해져 버렸다. 그렇다. 언젠가는 소야도 민희를 버리고 자기 엄마에게 가버릴지 모른다. 그러면 다시 우수리가 된다. 머지않아 나뭇잎도 떨어져 버릴 것이며 찰랑대던 호수도 겨울이 되면 꽝꽝 얼어 버릴 것이다. 모두 다 가고…… 갈 것이다. 그러면 이 세상에 혼자 남는다.

그 순간, 민희의 눈에 아버지가 보였고 귀에 아버지의 목소리가 들렸다. 그동안 잊고 있던 아버지였다. 아버지 냄새를 맡기 위해 두 눈을 지그시 감았다. 비릿하고 후끈한 땀 냄새, 퇴근한 아버지에게 안겼을 때 나던 바로 그 냄새였다. 얼마나 오랜만에 맡아 보는 냄새인가!

어릴 적 그때처럼 아버지와 술래잡기 놀이를 시작했다.

민희가 술래가 되어 수건으로 눈을 가렸다.

"나 잡아 봐라!"

아버지가 손뼉을 짝짝 쳤다. 민희가 손뼉 소리를 쫓아갔다. 살짝 눈을 떴다. 아버지가 호수 저쪽으로 도망가며 손짓을 했다. 다시 눈을 감았다. 눈을 뜨면 안 된다. 눈을 뜨면 반칙이다. 소라고둥을 불며 조심조심 나무에서 내려와 호수로 내려갔다. 그러면서 생각했다. 아버지는 나를 제일 예뻐했다. 엄마처럼 '우수리'란 말은 단 한 번도 하지 않았다. '민희야, 민희야. 아버지 목소리가 귀로 흘러들어왔다. 몸이 점점 호수에 잠겼다. 차가웠다. 상관하지 않았다. 아버지가 부르는 데 문제 될 건 없었다. 소라고둥을 입에 물고 두 손을 옆으로 쭉 뻗었다. 그때 민희는 자살할 생각은 없었다. 아버지를 잡으러 가는 것뿐이었다.

갑자기 몸이 아래로 쑥 빨려 들어갔다. 그제야 정신이 번쩍 들어 눈을 떴다. 물이 가슴까지 차올랐다. 아버지가 없었다. 호수 저편에서 손짓하던 아버지가 연기처럼 사라져 버렸다.

허우적거리며 호수 밖으로 나오려 했다. 하지만 허우적거리면 거릴수록 몸은 점점 더 아래로 내려갔다. 있는 힘을 다해 소리 질렀다.

"어푸, 사람 살려요오! 어푸어푸, 엄마!"

누군가 미친 듯 민희 쪽으로 오고 있었다. 물에 빠졌다 떠오르면서 두 팔을 휘저으며 '우우- 어어어-!' 소리를 지르며 오는 사람이 있었다. 소야였다. 소야가 미친 듯 민희를 향해 오고 있었다.

민희가 내민 손을 소야가 잡았다. 둘은 필사적으로 서로의 손을 잡아당겼다. 밀고 당기기를 몇 차례 반복하다가 꼭 껴안았다. 편안했다. 다급했던 마음속 불이 꺼지고 온몸이 따뜻해지면서 하나가 된 듯한 느낌이 들었다.

그 때를 회상하면 민희는 언제나 몸이 떨린다. 시십 년이 지난 지금도······.

민희의 비명을 듣고 달려온 아저씨들이 두 아이를 건졌을 때만
해도 소야는 죽을 것 같지 않았다. 아저씨들이 급히 인공호흡을
했다. 그런데 민희는 살아났고, 소야는 죽었다.

"죽은 애가 글쎄 민희 목에 걸려 있는 소라고둥을 어찌나 세게
잡고 있는지, 혼났어요."

이 소리를 어렴풋이 들었다.

엄마가 급히 전보를 쳐서 소야 엄마가 내려오고 민호가 달려
왔다.

소야는 문간방에서 하얀 천을 머리끝까지 덮고 편안하게 누워
있었다. 아무리 민희가 말을 걸어도 더이상 예쁜 손으로 말하지
않았다. 소야 엄마는 정신이 나간 사람처럼 멍한 얼굴로 우두커니
앉아만 있었다.

오후 늦게 나무로 짠 관이 방으로 들어왔다. 관을 가운데 두고
사람들이 빙 둘러앉았다. 민희, 민호, 빠로, 민주, 민희 엄마…….

빠로 아버지가 관 뚜껑을 열어 벽에 비스듬히 세웠다. 창백한
소야 엄마가 민희 집에 올 때 입고 왔던 세라복을 소야에게 입히
며 뭐라고 낮게 말했지만 무슨 말인지 전혀 알아들을 수 없었다.
아무도 크게 소리 내어 우는 사람이 없는데도.

소야는 편안하게 누워 있었다. 머리에 나비 핀을 꽂고 검은 세
라복에 검은 구두를 신은 소야가. 볼우물이 패이도록 웃지 않는데

도 소야는 한 떨기 구절초처럼 청초하고 아름다웠다.

민희가 죽음을 그렇게 가까이 본 것은 그때가 처음이었다. 민희는 마치 귀머거리라도 된 것처럼 그 어떤 소리도 들리지 않았으며 그 어떤 생각도 떠오르지 않았다. 문득 소야에게 소라고둥을 주어야겠다는 생각이 번개처럼 스치고 지나갔다. 그래서 소라고둥을 찾아,

"오빠, 소야 목에 걸어 줘!"

민호에게 부탁했다. 민호가 소야의 어깨를 천천히 조심스럽게 들어 올려 소라고둥을 목에 걸어 주었다. 민호의 굵은 눈물방울이 소야의 얼굴과 가슴에 뚝뚝 떨어졌다.

소야가 먼 길을 떠날 준비가 다 되었다.

빠로 아버지가 긴 천으로 소야의 몸을 감기 시작했다. 민희가 말했다.

"소야야, 이렇게 가면 난 어떡해? 니가 보고 싶을 때 어떻게 해? 니가 보고 싶을 때 볼 수 있게, 뭐라도 주고 가야 되잖아! 안 그래?"

소야를 관에 넣으려고 빠로 아버지가 소야의 어깨를, 경미 아버지가 소야의 발을, 민호가 두 손으로 허리를 받쳐 들었다. 그 순간 소야의 신물이 민희의 눈에 들어왔다. 갑자기 하얀 천 사이로 소야의 긴 머리카락이 쑥 빠져나와 흔들거렸다.

"잠깐만, 잠깐만요!"

민희의 비명에 모두 동작을 멈추었다. 민희가 가위를 찾아 들고 소야 엄마에게 수화로 물었다.

"소야 머리카락을 갖고 싶어요!"

소야 엄마가 머리를 끄덕였다.

민희가 소야의 긴 머리를 조심스럽게 잘라 보물처럼 들었다.

소야를 관에 눕히자 그때야 소야 엄마가 관을 잡고 통곡했다. 민희 엄마의 울음소리도 높아 갔고 민주와 빠로도 훌쩍훌쩍 울기 시작했다. 하지만 민희는 소야의 머리카락만 만지고 있었다. 가까스로 민희 엄마가 소야 엄마를 관에서 떼어 냈다. 관 뚜껑이 닫히고 망치 소리가 방안을 울렸다.

소야가 땅에 묻히는 순간까지 민호는 추모 묵념을 올리는 자세로 꼿꼿이 서있었다. 소야의 죽음이 민호에겐 엄청나게 큰 상실이었다. 민호는 곧바로 휴학을 하고 군대에 갔다.

상실의 무게를 따진다면 민희도 만만치 않았다. 소야의 죽음과 함께 민희의 사춘기가 끝났다. 열다섯살 어린 나이에 벌써 어른이 되어버렸다. 소야가 저세상으로 가면서 민희의 어린 시절을 모두 가져가 버리고 말았기 때문이다.

소야를 산에 묻고 내려온 날부터 민희는 심하게 구역질을 하며 높은 열에 시달렸다. 소야는 이 세상에 없다. 보고 싶어도 볼 수 없다. 소야를 이 세상에서 사라지게 만든 건 바로 나다. 빨대를 비눗물에 묻혀 '후!' 하고 불면 비눗방울이 날아가듯이 소야를 내가 그렇게 하늘로 날려 버렸다.

내가 호숫가에만 가지 않았어도, 중학교 시험에 실패하지만 않았어도, 소야처럼 착한 마음만 가졌어도, 소야는 죽지 않았을 것이다. 소야가 다정하게 이야기 나누기를 원했을 때 왜 질색하듯 사나운 표정을 지었을까? 왜 소야의 지갑에서 돈을 훔쳐 소야 마음에 깊은 상처를 냈을까? 모든 게 다 후회 덩어리였다.

이런 생각들이 괴롭히면 민희는 자리에서 벌떡 일어나 호숫가를 정신없이 걷고 또 걸었다. 그러다가 소야 무덤에 찾아가 소야를 쓰다듬듯이 잔디를 어루만졌다.

이런 일이 잦아지자 엄마는 양장점을 그만두고 지나칠 정도로 민희를 돌보기 시작했다. 이제 민희는 엄마의 우수리가 아니라 귀한 딸이었다. 하지만 그게 무슨 의미가 있는가. 민희는 더 이상 자신에게 신기하고 새롭고 꿈같은 일들이 일어나지 않을 거라고 생각했다.

민희가 음식을 입에 대지 않고 거미처럼 빼빼 말라 가고 있을 때 엄마가 민희 손을 쓰다듬으며 힘없이 말했다.

"그래. 소야 옆에 가고 싶으면 어서 죽어라. 나는 너희 삼남매 키우면서 하루에 열두 번도 더 죽고 싶을 때가 있었다. 그래도 너희 때문에 이를 악물고 살았다. 나도 이제 살고 싶지 않다. 오냐, 너도 죽고 나도 죽자!"

엄마의 이 한마디가 정신을 차리게 했다. 민희에게 소야의 죽음은 너무나 큰 충격이었기 때문에 엄마를 생각할 겨를이 없었다. 소야도 소중했지만 엄마도 소중하다는 생각이 들기 시작했다. 그때부터 민희의 몸무게가 조금씩 늘어갔고 키도 자랐다. 어른이 되어버렸다.

소야가 간 지 사십 년이 지난 지금까지 민희는 그동안 소야의 죽음에 대해 한마디도 입에 올리지 않았다. 엄마는 간혹 생각이 날 때마다, 그때 민희가 자살하러 호수로 걸어 들어갔다고 말하지만 그것에 대하여 변명을 하거나 설득하려 들지 않았다. 아무도 이해하지 못할 것이다. 그때 민희의 마음을. 그건 세 치 혀로 쉽게 이야기할 문제가 아니다. 고등학교 3학년 때, 신학대학에 다니는 빠로를 찾아가 단 한 번 마음을 털어놓은 적이 있다. 그때 빠로가 말했다.

"니가 소야를 더 오래 기억하고 사랑하려면 소야에게 받은 사랑을, 니가 소야에게 주고 싶은 사랑을… 다른 사람에게 나눠 줘. 그러면 소야의 죽음에 대한 양심의 가책이나 죄책감이 한결 가벼워질 거야."

이 한마디에 민희는 망설임 없이 장애인 학교 선생이 되기로 결심했다.

오늘도 민희는 말 못 하는 가인이를 꼭 안는다.

콩콩 쌕쌕.

소야가 느껴진다.

차암 좋다!